Tucholsky   Wagner   Zola   Scott   Fonatne   Sydov   Freud

Turgenev   Wallace

Twain   Walther von der Vogelweide   Fouqué   Friedrich II. von Preußen

Weber   Freiligrath

Ernst   Frey

Fechner   Fichte   Weiße Rose   von Fallersleben   Kant   Richthofen   Frommel

Hölderlin

Engels   Fielding   Eichendorff   Tacitus   Dumas

Fehrs   Faber   Flaubert

Eliasberg   Ebner Eschenbach

Feuerbach   Maximilian I. von Habsburg   Fock   Eliot   Zweig

Ewald   Vergil

Goethe   Elisabeth von Österreich   London

Mendelssohn   Balzac   Shakespeare   Dostojewski   Ganghofer

Lichtenberg   Rathenau   Doyle   Gjellerup

Trackl   Stevenson

Mommsen   Tolstoi   Hambruch

Thoma   Lenz   Hanrieder   Droste-Hülshoff

Dach   Verne   von Arnim   Hägele   Hauff   Humboldt

Reuter   Rousseau   Hagen   Hauptmann   Gautier

Karrillon   Garschin

Defoe   Baudelaire

Damaschke   Hebbel

Descartes   Hegel   Kussmaul   Herder

Wolfram von Eschenbach   Dickens   Schopenhauer   Rilke   George

Bronner   Darwin   Melville   Grimm   Jerome   Bebel   Proust

Campe   Horváth   Aristoteles   Voltaire   Federer   Herodot

Bismarck   Vigny   Barlach   Heine

Gengenbach

Storm   Casanova   Tersteegen   Gilm   Grillparzer   Georgy

Chamberlain   Lessing   Langbein   Gryphius

Brentano   Lafontaine

Strachwitz   Claudius   Schiller   Kralik   Iffland   Sokrates

Bellamy   Schilling

Katharina II. von Rußland   Gerstäcker   Raabe   Gibbon   Tschechow

Löns   Hesse   Hoffmann   Gogol   Wilde   Gleim   Vulpius

Luther   Heym   Hofmannsthal   Morgenstern

Roth   Klee   Hölty   Goedicke

Heyse   Klopstock   Kleist

Luxemburg   Puschkin   Homer   Mörike   Musil

Machiavelli   La Roche   Horaz

Kierkegaard   Kraft   Kraus

Navarra   Aurel   Musset

Lamprecht   Kind   Kirchhoff   Hugo   Moltke

Nestroy   Marie de France

Laotse   Ipsen   Liebknecht

Nietzsche   Nansen   Ringelnatz

Marx   Lassalle   Gorki   Klett   Leibniz

von Ossietzky   May   vom Stein   Lawrence   Irving

Petalozzi   Knigge

Platon   Pückler   Michelangelo   Kafka

Sachs   Poe   Liebermann   Kock   Korolenko

de Sade   Praetorius   Mistral   Zetkin

tredition und das Projekt Gutenberg-DE

Mehr als 5.500 Romane, Erzählungen, Novellen, Dramen, Gedichte und Sachbücher in deutscher Sprache von über 1.200 Autoren – das Projekt Gutenberg-DE ermöglicht den Zugang zu klassischer Literatur aus zweieinhalb Jahrtausenden in digitaler Form. Der Großteil der Titel ist seit Jahren vergriffen und nicht mehr im Buchhandel oder Antiquariaten erhältlich.

tredition hat sich die Aufgabe gestellt, die Buchtitel des Projekt Gutenberg-DE wieder als gedruckte Bücher zu günstigen Ladenpreisen zu verlegen. Mehr als 2.000 Titel sind bereits wieder erschienen und überall im Buchhandel erhältlich. Die Stärke von tredition nutzen auch viele Autoren, die selbständig ein Buch veröffentlichen möchten. Mehr dazu unter **www.tredition.de.**

Eine Übersicht aller verfügbaren Titel senden wir gern auf Anfrage zu (www.tredition.de/kontakt) oder stöbern Sie online unter **http://www.tredition.de/projekt-gutenberg.**

Das Wrack

Friedrich Gerstäcker

Impressum

Autor: Friedrich Gerstäcker
Umschlagkonzept: Buchgut, Berlin

Verlag: tredition GmbH, Mittelweg 177, 20148 Hamburg
ISBN: 978-3-8424-0505-9
Printed in Germany

http://www.tredition.de/projekt-gutenberg
http://projekt.gutenberg.de

Dieses Buch entstand durch eine Kooperation von tredition und
Projekt Gutenberg-DE.

Ziel der Kooperation von tredition und dem Projekt Gutenberg-DE
ist es, deutschsprachige Literatur wieder in Buchform verfügbar zu
machen. Die Wiederveröffentlichung einer bestimmten historischen
Ausgabe kann nicht gewährleistet werden. Da die Werke des
Projekt Gutenberg-DE eingescannt und digitalisiert werden, können
etwaige Fehler nicht komplett ausgeschlossen werden. Das Projekt
Gutenberg-DE tut jedoch sein Bestes, um die Werke bestmöglich zu
bearbeiten. Sollten Sie trotzdem einen Fehler finden, bitten wir
diesen zu entschuldigen. Die Rechtschreibung der Originalausgabe
wurde unverändert übernommen. Daher können sich hinsichtlich
der Schreibweise Widersprüche zu der heutigen Rechtschreibung
ergeben.

Friedrich Gerstäcker

Das Wrack

1. Die Windstille

Es war im September des Jahres 184–, als eine englische Brigg, nach Singapur bestimmt und von Sidney kommend, gegen einen leichten Nord an der australischen Küste aufkreuzte, um in die nördlich vom australischen Festland liegende Torresstraße einzulaufen und dadurch den weiten Weg um Neuholland herum abzuschneiden.

In dieser Jahreszeit war die Straße auch noch am leichtesten zu passieren, jedoch gehörte immer große Umsicht des Kapitäns dazu, da diese so genannten *barrier reefs* nur eine Reihe bis zur Oberfläche der See emporragender Korallenfelsen sind und wenig tiefe Eingänge haben. Ein Fahrzeug, das, mit diesen Klippen in Lee, von einem Oststurm überrascht wird, darf deshalb kaum hoffen zu entkommen.

Zahlreiche Schiffe sind auch schon an diesen *barrier reefs* gescheitert, an denen weder Bake noch Leuchtturm den Seemann vor der drohenden Gefahr warnt, aber der Zeitgewinn ist zu groß, den ein Segelschiff durch die Straße macht, und jährlich wagen deshalb eine Menge Kapitäne den Versuch.

Erst einmal innerhalb der Riffe angelangt, ist auch in der Tat die größte Gefahr überstanden; denn sollte sich dann wirklich noch ein Sturm erheben, so schützen diese Klippen, die es draußen bedrohten, das Schiff vor einer hohen See, und die Koralle bietet dabei fast überall von fünf zu zehn Faden guten und festen Ankergrund.

Die Torresstrait liegt außerdem an der Grenze der Sturmregion, denn zwischen 10 Grad nördlicher oder südlicher Breite, also bis zum 10. Grad vom Äquator, erhebt sich der Wind nur höchst selten zu einem wirklichen Sturm. Jener Strich heißt deshalb auch die Zone der Windstillen, da solche hier viel mehr vorherrschend sind als heftige Winde.

Die *Betsy Ann* von Liverpool kreuzte deshalb, wie schon gesagt, mit allen Bramsegeln auf, um so viel als möglich Fortgang zu machen, nach Norden, und der Kapitän ging, als gegen Mittag der Wind völlig einzuschlafen drohte, mit auf den Rücken gelegten Händen auf seinem Verdeck auf und ab und pfiff leise vor sich hin.

Seeleute pfeifen ja immer bei Windstille, weil sie dadurch den Wind herbeizurufen glauben.

Um zwölf Uhr schlief die leise Brise jedoch vollständig ein, und als Kapitän und Steuermann an dem fast wolkenleeren Himmel ihre Observation genommen, lag die See funkelnd im Sonnenlicht in Spiegelglätte um sie her.

Windstille – es gibt nichts Schrecklicheres, Monotoneres in der Welt für ein Segelschiff als eine Windstille. Ja für den Dampfer ist es gerade die beste Zeit, denn so viel wirksamer arbeitet die Maschine und keine entgegenprallende Woge hemmt den Gang des Bootes. Aber schwerfällig träumend, rollend und schaukelnd schwankt das auf seine Segel und den Wind angewiesene Fahrzeug auf der metallblinkenden Fläche.

»Reepschläger prügelt sich mit dem Segelmacher«, sagen die Matrosen, wenn die schlaffen Taue gegen die Segel und diese wieder ihrerseits schwerfällig gegen die Masten schlagen. Herüber und hinüber schwankt das Schiff, und wenn dann noch manchmal ein leichter Regen oder ein starker Tau während der Nacht fällt, so peitschen sich die Segel so ab, dass man die weißen Flocken herumfliegen sehen kann. Drei Tage Windstille ruinieren auch in der Tat die Segel mehr, als vierzehn Tage scharfes Segeln, und beschlagen kann man sie trotzdem nicht, denn jeden Augenblick mag sich eine leichte Brise erheben, die dann unbenutzt vorübergehen würde – und das Schiff macht ohnedies keinen Fortgang.

Alles Pfeifen half nichts; der Wind blieb aus, und zwar so vollständig, dass der Mann am Steuer, der trotzdem seine Wache halten musste, ebenfalls einschlief, und nur dann und wann emporfuhr, wenn das durch eine Woge zur Seite gedrängte Ruder einen Ruck tat und die Griffspeichen ihn trafen.

Und es wurde Nacht – aber wie prachtvoll funkelte das Meer, das nicht allein die tausend Sterne widerspiegelte, sondern auch in Millionen Phosphorlichtern seinen eigenen Glanz entfaltete. Und wie geheimnisvoll sich das regte in der dunkeln Tiefe, wie blitzesschnell einzelne feurige Strahlen darin herüber- und hinüberschossen, wo ein größerer Fisch die Flut durchschnitt und in dem erregten Wasser einen Glutenstrom zurückließ. Und was für ein wunderbares, grün schillerndes Licht die weichen, eklen Quallen warfen, die wie

atmende Blasen bald auftauchten, bald wieder langsam in die Tiefe
sanken.

Weiter hinaus, wo die innere Bewegung nicht sichtbar war, blieb
das Meer dunkel, aber plötzlich loderte es ordentlich empor, wie in
einem lichten Feuerschein, als ein Walfisch oder Cajelot vielleicht
sich aus der Tiefe emporschnellte und wieder zurückfallend auf das
Wasser schlug, dass es wie Garbenlichter bei einem Feuerwerk auf-
und auseinander spritzte.

Fast alle Mann an Bord lehnten an der Schanzkleidung und blick-
ten auf das wunderbare Schauspiel hinaus; denn wenn sie das
Leuchten des Meeres auch schon oft gesehen hatten, geschieht es
doch nur sehr selten und unter besonders günstigen Verhältnissen,
dass es sich in solcher Pracht dem Auge zeigt.

Aber endlich ermüdeten sie auch – die nicht auf Wache Befindlichen drückten sich in ihre Kojen, und die Wache selber lehnte
schläfrig an Deck herum. Weshalb hätten sie auch munter bleiben
sollen; Gefahr war wahrlich nicht zu fürchten.

So verging die Nacht, und im Osten färbte sich der Himmel licht-
grau – kaum zehn Minuten später zeigten die Nebelschichten dort
drüben schon einen rosigen Rand, und ehe es noch völlig hell geworden war, stieg der obere Rand der Sonnenscheibe glühend über
den Horizont herauf und goss Licht und frisches Leben in die Welt.

Aber trotzdem regte sich noch kein Lüftchen, und wie still sie indessen auf dem Meere gelegen, zeigte sich erst jetzt.

Gestern Abend, nach Dunkelwerden, hatte der Steward noch eine
Kiste Wein ausgepackt und erst das Stroh und nachher die Kiste
über Bord geworfen, und dort draußen, kaum zweihundert Schritt
von dem Schiff entfernt, trieben noch Stroh und Kiste auf der wie
öligen Flut, während ein paar Möwen schläfrig darumher kreuzten
und dann in der Nähe auf die See auffielen, um die einzeln umher-
schwimmenden Strohteile zu untersuchen, ob sich nicht etwas Ge-
nießbares darunter fände.

Selbst die Möwen fühlen die erdrückende Monotonie einer sol-
chen Zeit, und wie sie sonst, mit scharfem Flügelschlag dem wildes-
ten Sturm trotzig in die Zähne, über den nach ihnen aufspritzenden

Wogen kreisen, so faul und lässig zeigen sie sich während einer Windstille, dass sie den halben Tag oft auf dem Wasser schlafen.

Und wie wunderlich das Meer rings um das Schiff herum aussah – dort drüben schwamm die Kiste mit dem Stroh daneben, als ob der Steward den Wein dort an der Oberfläche des Wassers ausgepackt hätte; hier trieben Kohl- und Krautblätter herum, die der Koch hinausgeworfen, dort Flocken Werg oder Papier, und dort drüben sogar ein alter Strohhut mit halbem Rand, der ausgedient hatte und seinem Schicksal auf den Wellen überlassen war.

»Ein Hai!«, sagte der Mann am Steuer, der, wie es schien, eben zufällig erwacht war, und als er den Blick umherwarf, die scharfe dunkle Rückenflosse eines der tückischen Meerungeheuer entdeckte, das nach oben gekommen war, um die für ihn ausgestreuten Herrlichkeiten zu untersuchen. Misstrauisch schwamm er dort drüben um die Kiste herum und griff nach den Strohhalmen, glitt dann auf den Hut zu und legte sich schläfrig auf die Seite, um ihn fassen zu können, ließ ihn aber gleich wieder los und verzehrte dann von Kraut- und Kohlblättern, wie sonstigen Küchenresten, was er eben vorfand. Ein Hai kann alles brauchen.

Das aber brachte Leben in die Mannschaft, denn es war die einzige Unterhaltung, die ihnen ja von außenher geboten wurde. Der zweite Steuermann stieg rasch in die Kajüte hinunter, um einen Haken heraufzuholen, der Steward besorgte indessen freigebig ein Stück Speck, und an ein ziemlich starkes Tau geschlagen, das in dem klaren Seewasser ordentlich einen Regenbogenrand bekam, trieb der Haken bald darauf, von dem leichten Speck etwas gehoben, hinter dem Schiff aus, um die Zeit abzuwarten, bis der Hai seine Revision beendet haben und dann das Schiff jedenfalls auch besuchen würde.

Deutlich konnten sie dabei an der dreieckigen Rückenflosse erkennen, wo er sich befand, wie er bald da-, bald dorthinüber glitt, aber immer langsam, immer faul, denn was er hier im Wasser fand, lief ihm ja nicht fort; es schwamm und trieb so träge umher wie er selber.

Jetzt wandte er sich gegen das Schiff, das ihm gerade mit dem Bug zugekehrt lag, und deutlich konnten die Leute an Bord erkennen, wie zwei Lotsenfische, kleine gestreifte reizende Dinger, vor ihm herstrichen und nach rechts und links alles genau untersuchten, was etwa auf dem Wasser trieb. Sie kreuzten ihm dabei ein paar Mal dicht vor dem Rachen auf und ab, aber er machte nie auch nur einen Versuch, nach ihnen zu schnappen, so gierig und gefräßig er auch sonst sich zeigt. Ob er wusste, dass sie ihm zu schnell waren? – Aber er selber ist so rasch in seinen Bewegungen, wenn er will, dass er sogar den Delphin einholt – Ob sie ihm wirklich dazu dienten, seinen Raub anzuzeigen? – Wer weiß es; es ist das noch eins von den unergründeten Geheimnissen der Tiefe, von welchen der Mensch viel zu wenig zu sehen bekommt, um sich ein bestimmtes Urteil darüber anzumaßen.

Genug, die Lotsenfische sind da; sie begleiten den Hai, wohin er geht, oft sechs oder sieben derselben zu gleicher Zeit, und man hat beobachtet, dass sie zurück zu ihm schwimmen, wenn sie irgendeinen Gegenstand finden, der zu groß für sie ist. Welchen Nutzen sie aber dabei haben können, wenn er den Bissen verschlingt, wird wohl für immer ein Rätsel bleiben.

Am Bug trieb sich der Hai eine Weile umher, und oben von der Back aus konnten die Leute deutlich das grünschillernde Ungeheuer mit den kleinen tückisch blitzenden Augen in der Kristallflut erkennen, wie es behaglich in seinem Element dahinruderte, und lässig bald nach rechts, bald nach links hinübersteuerte.

Die kleinen Lotsenfische waren indes verschwunden, aber bald da, bald dort aufgetaucht, und einer von ihnen musste auch wohl den am Ruder ausgehangenen Brocken gefunden haben, denn er stellte sich bald darauf wieder bei seinem gefräßigen Begleiter ein, und dieser schwamm jetzt langsam zu Larbord des Schiffes nach hinten, wo ihm der weiß und silbern blitzende Speck nicht entgehen konnte. Aber er war auch hier nicht in Eile. Ob ihm das Tau daran nicht gefiel? Er roch daran, drehte sich dann um und schwamm fort; aber der Bissen war doch zu delikat, um ihn so ganz ohne weiteres aufzugeben. Er kehrte zurück, und da er jetzt von der andern Seite kam, wo ihm das Tau nicht im Wege hing, drehte er sich bald auf die Seite, öffnete faul den breiten Rachen und – weg war der Speck.

»*Haul on board!*«, rief der Kapitän, der selber mit besonderem Interesse die faulen Bewegungen des Fisches beobachtet hatte, während der Steuermann das Tau, das aber mit seinem Ende wohl befestigt war, in der Hand hielt, und die umstehenden Matrosen genau aufpassten, dass sie nicht, bei einem plötzlichen Fluchtversuch des Hais, mit den Füßen in das Tau gerieten, denn gar nicht selten ist schon dadurch ein Unglück geschehen.

Das Tau wurde angezogen und der Fisch fühlte den Haken. Eine solche Gewalt hat aber das Ungetüm im eigenen Element, wo es seiner freien Bewegungen noch nicht beraubt ist, dass der Hai den neun das Tau haltenden Männern dieses, wie von Dampfkraft getrieben, aus der Hand riss, dass sie kaum schnell genug loslassen konnten, und es dann anspannte, dass es klang. – Aber es hielt und der Haken saß, und jedes andere lebende Wesen, wie gerade ein Fisch, wäre durch den furchtbaren Ruck selber bewusstlos geworden – nicht so der Hai. Er fühlte, er könne nicht fort, und während ihm der mit seinen Riemen ausgehaltene Stoß nicht die geringste Unbequemlichkeit zu verursachen schien, schoss er jetzt, so weit ihn das Tau ließ, herüber und hinüber und peitschte mit seinem Schwanz die Flut zu Schaum.

Aber er kam nicht mehr los; die jubelnden Matrosen ließen ihn noch eine Weile hin- und herarbeiten, bis selbst seine Kräfte nachließen, dann zogen sie langsam und allmählich das Tau an, aber dabei immer noch vorsichtig einen Rundschlag um die Pinnen nehmend, bis sie an einer der Pardunen einen Block befestigt hatten, durch diesen das jetzt freie Ende brachten, rasch nachholten und nun mit einem lauten *»Oh jolly men, hoy!«* den Fisch gewaltsam aus seinem Element herauf und zum Schwingen brachten. Jetzt hatte er seine Kraft verloren, das Gewicht wurde leicht bewältigt, und wenige Minuten später lag er, mit einer durch den Rachen gestoßenen Handspeiche, auf Deck, wo ihm der Koch rasch mit einem schon bereitgehaltenen Beil den Schwanz einhackte und abschlug.

Noch waren die Matrosen damit beschäftigt, dem nun getöteten Hai teils das Rückgrat auszulösen, das sie zu Spazierstöcken verarbeiten, teils die mit den vielfachen Zahnreihen bewehrten Kinnladen auszuschneiden und auch wohl Stücke der rauen Haut – das beste Chagrain – abzutrennen, als sie der Ruf des Kapitäns davon abstehen machte.

Im Süden, wo bis jetzt ein düsterer Nebel gelagert hatte, wurde ein breiter dunkler Wolkensaum sichtbar, der rasch höher und höher stieg. Dort kam eine Brise auf, und zwar gerade daher, von wo man sie am besten brauchen konnte, und es war deshalb nötig, die Vorbereitungen dazu zu treffen.

Die Rahen waren allerdings schon vierkant gebrasst, und das Schiff lag auch noch halbwegs seinen Kurs, sodass man die Brise fangen konnte. Aber niemand wusste, wie stark sie plötzlich ausbrechen konnte, und die leichten Segel mussten deshalb eingenommen werden. Die aufsteigende Wolke sah düster genug dazu aus, und jetzt zuckte es sogar wie Wetterleuchten darin auf.

Befehl folgte nun auf Befehl, rasch und hastig und ebenso ausgeführt. Die Bramsegel wurden geborgen; die Schoten des großen Segels, die aufgegeit hingen, blieben vor der Hand noch so; die Marsrahen wurden niedergelassen und die Marssegel gerefft – der Außenklüver war lange eingeholt, und auf Deck umher, um und über den toten Hai hin, lagen wild zerstreut und unordentlich die abgeworfenen Falle.

Und jetzt kam sie heran – dunkelblau, fast schwarz färbte sich das Wasser, wo es der Wind zuerst fasste und zu kleinen, winzigen Wellen emporkräuselte –, immer näher kam es, immer rascher, und nun blähten die Segel auf; unter dem Bug schäumte die Flut, und das Schiff gehorchte zum ersten Mal wieder dem Steuer.

Der erste Anprall des Windes war auch ein ziemlich heftiger, und die schlanke Brigg neigte sich unter dem Druck desselben auf die Seite; Blitz und Donner folgten bald danach und der Regen goss in Strömen nieder. Wie aber das eigentliche Gewitter erst vorübergestürmt war, nahm auch die Brise eine festere und mehr stete Haltung an und wehte jetzt, ohne nachzulassen, als der Himmel wieder sein blaues Antlitz zeigte, unvermindert von Süden fort.

Gegen Abend noch ging die *Betsy Ann*, mit Leesegeln an beiden Seiten, vor dem Wind elf Knoten die Stunde ihre Bahn.

2. Die Einfahrt

Flüchtigen Laufes verfolgte das wackere Schiff seine Bahn, und hinter ihm drein wälzten und tanzten die dunkelblauen, mit silbernem Schaum gekrönten Wogen. Das Deck war schon lange wieder geräumt und aufgewaschen, und der tote Hai zurück in die Flut geworfen, deren Schrecken er von nun an nicht mehr sein sollte. Schwerfällig sank der Körper in die Tiefe, um anderen seines Geschlechts zur Nahrung zu dienen, wie Tausende vorher schon ihm zum Opfer gefallen waren.

Und die Brise hielt an. Gewöhnlich schwindet ein mit einem Gewitter heraufkommender Wind auch mit diesem wieder dahin, und besonders in der Nähe des Äquators ist das der Fall; hier aber hielt er aus, und als der Kapitän am nächsten Mittag, bei vollkommen klarem Himmel, wieder seine Observation nahm, fand er, dass das Osprey Reef, ohne es zu sehen, schon passiert war, und er am nächsten Tag also – wenn der Wind anhielt – recht gut die Passage in die *barrier reefs* erreichen konnte.

Die Nacht verging ohne das geringste Außergewöhnliche, das Schiff lag Kurs an, etwas Nord-Nordwest, und die Brise frischte gegen Morgen eher noch etwas auf, als dass sie nachgelassen hätte. – Die *Betsy Ann* machte von vier bis acht Uhr morgens zwölf und einen halben Knoten. Das kam aber auch vielleicht daher, dass der Wind jetzt mehr herumgegangen war und fast genau von Osten blies. Dadurch fassten alle Segel so viel besser, und wenn auch die Leesegel unnütz geworden waren, zogen die Klüver desto mehr.

Um zehn Uhr schon ließ der Kapitän den Kurs ändern und einen Strich mehr nach Westen anlegen, und ein Mann musste hinauf in den Vortop, um nach Lee zu auszuschauen, ob er nicht *breakers* (an Klippen brandende Wellen) oder irgendeine Landmarke oder vorragende Klippe selber entdecken könne.

Die *Betsy Ann* befand sich aber noch immer zu weit vom Lande, und um zwölf Uhr, nachdem er die Sonne genommen, ließ der Kapitän plötzlich vierkant brassen und lief vor dem Wind gerade die *barrier reefs* an. Dem Breitengrad nach musste er sich genau in einer Höhe mit Raines Passage befinden und durfte deshalb nicht zu weit nach Norden auflaufen.

Der Wind hatte aber jetzt auch merklich nachgelassen, und je eher sie die Passage erreichten, desto besser, da einem Schiff kaum etwas Fataleres geschehen kann, als unmittelbar in der Nähe der Riffe von Windstille befallen zu werden. Die Strömung geht in dieser Jahreszeit stets gegen die Klippen an, und manches Schiff ist schon dadurch auf die Felsen getrieben und zertrümmert worden.

Der Kapitän stieg jetzt selber, mit seinem Teleskop versehen, in den Vortop hinauf, denn es beunruhigte ihn, dass sie noch nicht in Sicht der Klippen sein sollten, denen er sich, wenn sie dieselben nicht bald ausmachten, vor Abend auch nicht viel weiter nähern durfte.

»Da drüben bläst ein Fisch!«, sagte der Matrose, der schon oben saß, als der Kapitän an den Wanten heraufstieg. »Da nochmal – da nochmal.«

»Holzkopf«, brummte aber der alte Seemann, als er nur einen Blick dort hinübergeworfen. »Kannst du nicht einmal einen *breaker* von einem Strahl unterscheiden? Das sind ja die Reefs. – Hast du sie schon lange gesehen?«

»Etwa zehn Minuten, Sir«, sagte der Mann etwas verlegen. »Ich glaubte, es wäre ein Wal, und wunderte mich schon, dass er immer an derselben Stelle blieb.«

Der Kapitän antwortete ihm gar nicht. Er hatte sein Teleskop gerichtet und schaute, den Arm um eins der Bramwanttaue geschlagen, aufmerksam nach der Gegend hinüber, wo die Brandung der Riffs schon mit bloßen Augen sichtbar war.

»*Down with your helm a little*«, rief er jetzt dem am Ruder stehenden Mann zu.

»*Down with the helm, Sir*«, lautete dessen monotone Antwort, während er dem Befehl folgte.

»*Steady!*«, klang das neue Kommandowort.

»*Steady it is*«, war die Antwort.

»Halt den Kurs«, befahl der Kapitän wieder, und stieg dann rasch auf Deck zurück, um in seiner Kajüte vor allen Dingen mit dem Steuermann die Karte zu vergleichen. Der Wachthabende oben

bekam strenge Order, alles Neue, was er bemerken würde, ungesäumt anzurufen.

Der Mann da oben hatte indessen einen dunkeln Gegenstand
entdeckt, der mehr und mehr sichtbar wurde, je näher das Schiff,
das gerade darauf zuhielt, ihn anlief. In der Tat war es auch der
nämliche Punkt, den der Kapitän vorher schon durch sein Fernrohr
gesehen und für jenen kleinen Holzturm gehalten hatte, der nördlich von Raines Passage von englischen Seefahrern als Landmarke
aufgerichtet und auf seiner Karte ebenfalls verzeichnet war. Der
Matrose hatte übrigens vortreffliche Augen, und wenn er auch vorher das Aufspritzen der Wellen für das Blasen eines Fisches genommen, täuschte er sich doch jetzt nicht lange über den dunkeln
Körper, der immer deutlicher aus dem lichten Hintergrund heraus-
trat.

»Wrack in Sicht«, rief er von seinem Top herunter, und der Untersteuermann, der neben dem Mann am Rad stand, ging zum Skylight, das der Kajüte Licht und Luft zuführt und jetzt des warmen
Wetters wegen offen stand, und rief dem Kapitän die Meldung
hinunter.

»Wrack in Sicht, Sir!«

»Wo?«, lautete der Ruf zurück.

»Wo ist es, Bob?«, rief der Untersteuermann den Lookout an.

»Gerade voraus – halben Strich an Leebow.«

»Gerade voraus, Sir – halben Strich von Leebow!«

»Alle Wetter!«, rief der Kapitän, griff sein Teleskop auf und war
rasch an Deck und wieder unterwegs nach oben. – Und der Mann
hatte Recht. Was er vorher, und noch sehr weit entfernt, für den
kleinen Turm gehalten, war in der Tat das Wrack eines dort festsit-
zenden Schiffes – die Brandung, von welcher der Mann geglaubt,
dass es das Blasen eines Fisches sei, lag jetzt zu Backbord und zeigte
sich als von einer einzelnen Klippe oder kleinen Insel herrührend,
und erst dort, wo das Wrack lag, dessen Masten aber noch aufrecht
standen, begannen die *barrier reefs*, auf denen er jetzt auch, eine
kleine Strecke weiter nach Süden hinab, den Turm mit seinem Glas
ausmachen konnte.

Der Kurs wurde nun wieder, etwa um einen Strich weiter nach Süden, verändert, um das Wrack zu Starbord zu lassen. Der Wind schlief allerdings immer mehr ein, aber die See war dadurch auch vollkommen ruhig geworden, und der Kapitän hatte die beste Hoffnung, unter all diesen günstigen Umständen die Einfahrt noch recht gut ein oder zwei Stunden vor einbrechender Nacht erreichen zu können. Im Innern der Riffe konnte er dann sicher vor Anker gehen und brauchte für die Nacht nichts – ja nicht einmal eine Windstille mehr zu fürchten.

Er selber war allerdings noch nie durch die Torresstraße gekommen, sein Obersteuermann aber dagegen schon zweimal – freilich noch als Untersteuermann, wo er nicht viel mit der Navigation zu tun gehabt. Aber er kannte wenigstens das Innere der Straße genau, und die Einfahrt, da man die Landmarke schon erkennen konnte, war nun auch nicht mehr zu verfehlen.

Langsam, aber stet bei der schwachen Ostbrise, verfolgte die *Betsy Ann* indessen ihren Weg, und die Aufmerksamkeit der Leute richtete sich nun – mit weiter nichts zu tun, als nur bei der Hand zu sein, wenn die rasche Ausführung eines Befehls in der Nähe der Klippen nötig werden sollte – fast ausschließlich auf das entdeckte Wrack, das jetzt immer deutlicher sichtbar wurde.

Der Obersteuermann schien sich besonders dafür zu interessieren und war schon nach dem großen Marsen mit seinem Glas hinaufgestiegen, um von hier einen besseren Überblick zu gewinnen.

»Für was für einen Landsmann halten Sie ihn, Mr. Brown?«, fragte jetzt der Kapitän hinauf, der vom Deck aus das verlassene Schiff ebenfalls genau betrachtet hatte.

»Kann's nicht genau sagen, Sir«, rief der Steuermann oder Mate, wie er an Bord kurzweg genannt wurde, zurück. »Liegt spitz von uns weg und ich kann den Namen noch nicht lesen. Sieht mir beinah aus wie ein Holländer.«

»Möcht es auch sagen«, nickte der Kapitän. »Lebendes ist aber an Bord nicht zu erkennen?«

»Keine Seele, Sir. Die Leute müssen aber an Land gewesen sein – dort auf den Klippen haben sie eine *shanty* gebaut.«

»Die Segel sind noch beschlagen.«

»Alles festgemacht – schade um das schöne Tuch, das dort jetzt in Wind und Wetter verfaulen soll.«

Die Unterhaltung war für eine Weile abgebrochen, und die Aufmerksamkeit der Seeleute wurde auch jetzt ausschließlich auf die Klippenreihe selber gelenkt, die immer deutlicher zum Vorschein kam.

Die *barrier reefs* sind auch in der Tat ein höchst interessanter Punkt für den Seemann und dazu passend genug benannt, denn die aus der Tiefe steil aufsteigenden Korallenfelsen bilden hier eine förmliche Barriere von Klippen, die mit Ausnahme von nur wenigen schmalen Einfahrten die Passage zwischen Australien und der nördlich davon liegenden großen Insel Papua oder Neu-Guinea hermetisch verschließen. Ordentliche Mauern bilden sie Meilen lang, unmittelbar vor denen ein hundert Faden haltendes Senkblei keinen Grund finden würde, während über ihren Rand hin – da die Koralle nur bis zur Oberfläche des Meeres wächst – die dagegen brandenden Wellen ihre weiße Gischt spritzen und sich rastlos donnernd überstürzen.

Die Einfahrt selber zeigt dann nur ein schmaler Streifen dunkles und ruhiges Wasser, das aber, wenn auch links und rechts von einer bäumenden Woge abgeschlossen, doch eine vollkommen sichere und tiefe Bahn bietet – einen Kanal, der sich hindurchzieht und im Innern dann wieder ausweitet. Im Innern aber ist dafür auch wieder leicht Ankergrund zu finden, ja an vielen Stellen die Passage kaum mehr als fünf Faden, also etwa dreißig Fuß tief. Nur die eine Nordpassage, die aber auch schwieriger zu finden ist, soll tieferes Fahrwasser haben.

Alte Seekapitäne haben aber in der Auffindung solcher Stellen ein Gefühl, das man fast Instinkt nennen könnte, und mit nur Brise genug, dass sie ihr Schiff in der Gewalt behalten, wie einer genauen Kenntnis desselben, was es zu leisten vermag und wie nahe sie sich an eine Leeküste hinan wagen dürfen – das heißt, wie dicht am Wind sie im schlimmsten Fall wieder absegeln können –, steuern sie ihr Schiff oft und unerschrocken in die schwierigsten Passagen hinein.

Kapitän Wilkie von der *Betsy Ann*, obgleich ihm das ganze gefährliche Terrain vollkommen unbekannt war, ließ denn auch seine kleine gewandte Brigg ruhig gerade gegen die Klippenreihe – die bis jetzt für das Auge nur einen ununterbrochenen Schaumgürtel bildete – anlaufen, und mit der Karte neben sich, das Teleskop in der rechten Hand, stand er jetzt vorn auf der Back und beobachtete die vollen Gischtberge voraus.

»Ich sehe die Einfahrt, Kapitän«, rief der Steuermann jetzt von oben herunter.

»Wo, Mr. Brown?«

»Ganz gerade voraus. Wir segeln genau darauf zu.«

Ein Lächeln flog über die wetterharten Züge des Seemanns, dass er den Punkt so getroffen, denn er wusste wohl, welchen guten Eindruck das auf die Leute machte, wenn sie volles Vertrauen auf die Führung ihres Vorgesetzten haben durften. Er stieg aber jetzt zu seinem Steuermann, um von hier aus das Schiff besser zu dirigieren, und nach kaum einer Viertelstunde weiterer Fahrt lag die Mündung des Kanals so klar und deutlich vor ihnen, dass sie kaum noch etwas weiteres zu tun hatten, als Kurs zu halten.

Jetzt aber wandte der Mate auch seine Aufmerksamkeit wieder dem Wrack zu, das indessen ebenfalls nahe gekommen war und durch das gute Glas dicht vor ihnen lag. Es war ein Barkschiff, mit allen Segeln auf, aber dicht beschlagen an den Rahen, sonst aber mit keinem lebenden Wesen an Bord. Das Wrack lag vollkommen fest und sicher zwischen den Klippen, in die es jedenfalls eine der Brandungswellen hineingehoben hatte und aus denen es Menschenkraft nie wieder befreien konnte. Die Mannschaft musste übrigens volle Zeit behalten haben, sich zu retten, denn auf einer dicht dabei liegenden kleinen Insel ließen sich jetzt mehrere rasch aufgeführte Hütten erkennen, die zur Genüge bezeugten, dass sich die Schiffbrüchigen dort wenigstens eine Nacht aufgehalten. Hinten am Heck hing dabei noch die kleine Jolle, alle übrigen Boote fehlten aber, und sehr wahrscheinlich hatten sich die Leute damit in die Riffe hineinbegeben, da sie in dem ruhigen Wasser derselben ganz leicht Neu-Guinea oder selbst die nächsten Inseln des Ostindischen Archipels erreichen konnten. Außerdem war es auch möglich, dass sie schon im Indischen Ozean ein Schiff antreffen mochten.

Das Verunglücken des Fahrzeuges konnte aber ebenso gut vor wenigen Tagen, wie vor Wochen und Monaten geschehen sein – von hier aus ließ sich das keinenfalls beurteilen, und wenn nicht einmal ausnahmsweise in dieser Breite ein tüchtiger Sturm losbrach, so war es recht gut möglich, dass das so eingekeilte Schiff dort noch jahrelang zwischen den Klippen eingepresst sitzen bleiben konnte.

»Wissen Sie wohl, Kapitän«, brach da der Steuermann endlich das Schweigen, »dass es jammerschade ist, an dem Wrack da drüben so ruhig vorbeizufahren? – Liegt gewiss noch eine Masse von Dingen an Bord, die man mit Vorteil bergen könnte.«

»Im Wrack, Mr. Brown?«, erwiderte der Kapitän, ohne aber einen Blick dort hinüberzuwerfen, denn er war noch emsig bemüht, das jetzt im Innern der Einfahrt sichtbar werdende Terrain mit seinem Glas abzusuchen. »wohl möglich – können uns aber nicht damit aufhalten.«

»Wenn wir nun ein Boot hinüberschickten?«

»Ich will Gott danken, wenn ich mit meinen Booten innerhalb der Riffe bin, Mr. Brown. Der Platz hier gefällt mir gar nicht, er sieht hässlich genug aus, und schliefe uns der Wind jetzt ein – und es weht kaum noch eine Mütze voll –, so brauchen wir nachher kein Boot auszusetzen, um ein Wrack zu besuchen.«

»Bah, der Wind hält«, sagte der Mate, der einen Blick nach Osten hinübergeworfen hatte. »Ich glaube eher, dass wir gegen Abend wieder eine steife Brise bekommen, denn die Wolkenstreifen dahinten sehen mir gerade danach aus.«

»Möglich – aber kein Mensch kann's vorher sagen.«

»Meine Hühneraugen tun mir auch wieder weh; das bedeutet immer Wind.«

»*Fall off a little*«, unterbrach der Kapitän seinen Offizier durch den hinabgerufenen Befehl.

»*Off it is, Sir*«, lautete die Gegenantwort.

»*Steady!*«

»*Steady it is.*«

Die Brigg hatte den Bug ein klein wenig geneigt, und sie konnten jetzt voll in den Kanal einsehen.

»Ich will Ihnen etwas sagen, Kapitän«, nahm da der Steuermann seinen Wunsch wieder auf. »Sowie wir erst einmal darin sind, können wir doch heut Abend nichts mehr machen, sondern müssen vor Anker gehen.«

»Ist aber gar nicht meine Absicht, Sir«, erwiderte sein Vorgesetzter. »Ich gedenke noch ein tüchtiges Stück hineinzusegeln.«

»Geht aber nicht an, Sir.«

»Geht nicht an?«

»Nein, Sir – die Sonne steht schon zu tief, und sowie wir hineinkommen, hilft uns der Kompass nichts mehr; wir müssen nur nach dem steuern, was wir sehen, und da unser Kurs gerade nach Westen liegt, so fallen uns die Strahlen der tief stehenden Sonne gerade so aufs Wasser, dass sich die Klippe oder Untiefe darin gar nicht mehr erkennen lässt. Alle Schiffe, die von hier nach Indien durch die Torresstraße gehen, müssen bei klarem Himmel spätestens um vier Uhr abends ihren Ankergrund halten, ebenso wie die, welche von dort herüberkommen, vor morgens zehn Uhr nicht im Stande sind, unterwegs zu gehen.«

»Das hält uns aber schmählich auf.«

»Lässt sich aber nicht ändern, wenn Sie nicht Ihr Schiff riskieren wollen. Von vier Uhr nachmittags an blitzt der Spiegel der See und zeigt keinen grünen Fleck mehr. Wie wär's, Kapitän, wenn Sie dann mich und ein paar von den Leuten, sobald wir nachher vor Anker sind, hinüberließen? Das Wrack liegt kaum zwei englische Meilen von dort entfernt und wir laufen in kaum einer Stunde hinüber. 's ist, Gott straf mich, jammerschade, das liebe Gut dort drüben verfaulen zu lassen, wenn man sich's so bequem holen kann, und die Leute selber kriegen guten Willen, wenn sie Aussicht auf Bergelohn haben.«

»Wollen sehen, Mr. Brown – wollen sehen«, gab der Kapitän zur Antwort, der jetzt keinen andern Gedanken hatte, als sein Schiff. »Vor allen Dingen müssen wir erst einmal drin sein, und wenn dann das Schiff sicher vor Anker liegt und noch Zeit und weiter

nichts zu tun ist, so hab ich gerade nichts dagegen – *Steady* da unten
– *steady!*«

»*Steady it is, Sir.*« –

Selbst der Steuermann vergaß aber in diesem Augenblick das
Wrack, denn sie liefen unmittelbar auf die Einfahrt zu, die sich indessen hier viel weiter zeigte, als es von außen den Anschein gehabt. Der Kanal war doch wenigstens zweihundert Schritt breit, also
Raum genug, um im schlimmsten Fall selber hineinkreuzen zu können, da man ja ungestraft bis dicht an die steilen Korallenbänke
hinanfahren kann. Mit günstigem Wind war es natürlich umso viel
leichter, die Mitte des Fahrwassers zu halten, und doch ist es für
den Seemann ein unbehagliches Gefühl, wenn er rechts und links
von sich und voraus Brandung und drohende Klippen entdeckt,
und sich noch dazu in einem Fahrwasser weiß, von dem nicht allein
keine ganz vollkommenen Karten existieren, sondern nicht einmal
existieren konnten, da ja die Koralle fast in jedem Jahr den Boden
des Meeres verändert, und bald von da, bald von dort heraufwächst
und neue Klippen bildet.

Ja draußen in offener See, mit hinlänglichem Seeraum in Lee, mag
seinethalben auch einmal ein Sturm wehen – was kümmert's den an
solche Dinge gewöhnten Matrosen! Mit einem guten Schiff unter
sich weiß er sich selbst im schwersten Wetter sicher, und der Sturm
muss endlich doch vorüberblasen, wie schon so mancher vorüber-
geblasen ist. Nur die Nähe von Land – von dem der Landbewohner
gerade so oft denkt, dass es ihm größere Sicherheit gewähren müsse
– kann sein Herz rascher schlagen machen; denn so wacker sich ein
gutes Schiff auch draußen in offener See halten mag, so ist es doch
verloren, sobald sein Kiel nur den Grund berührt. Denn zerberstet
es nicht beim Aufstoßen, so finden die furchtbaren Wogen jetzt
einen Widerstand und brechen mit ihrem Gewicht alles zusammen,
was sie erreichen.

Schon die Nähe des Landes ist ihm deshalb unbehaglich, und
mehr noch, wenn er, mit dem gerade darauf zusetzenden Wind, die
Stellen vor sich sieht, über denen die Wogen ihre weißen schim-
mernden Kämme brechen. Jeder Einzelne steht dann erwartungs-
voll und aufmerksam auf seinem Posten, denn er weiß recht gut,
dass die geringste Versäumnis, ja nur ein langsam ausgeführter

Befehl das Verderben des Schiffes und damit sein eigenes zur Folge haben kann.

Kapitän Wilkie wusste aber genau, was er tat, und wenn ihm auch anfangs Zweifel aufgestiegen waren, ob diese anscheinend so breite und schöne Einfahrt auch wirklich die richtige sei und nicht etwa, wie das gar nicht so selten zwischen Korallen der Fall ist, nur eine falsche Bucht forme, in der er dann rettungslos verloren gewesen wäre, konnte er doch jetzt den breiten Kanal weit in die Riffe, und sogar bis zu einer leichten Biegung verfolgen, und segelte nun frisch mitten hinein.

Er ließ auch nicht einmal Segel einnehmen, denn die Brise war ja überdies schwach genug, und was sein Steuermann von dem blitzenden Abendlicht gesprochen, glaubte er noch nicht recht. Der hatte es sich jetzt wahrscheinlich einmal in den Kopf gesetzt, nach dem Wrack hinüberzufahren, und suchte vielleicht deshalb nur Zeit zu gewinnen. Er aber war fest entschlossen, auch keinen Augenblick zu verlieren, um aus diesem klippendurchstreuten Fahrwasser wieder hinauszukommen, und so lange er segeln konnte, segelte er, das hatte er sich fest vorgenommen, Wrack oder keins.

3. Das Wrack

Jetzt hatte die *Betsy Ann* den wirklichen Kanal erreicht, und der leichte Wind blieb ihr noch immer günstig; aber auch die zwischen die Riffe hineinsetzende Strömung kam ihr hier zustatten, und rasch und geräuschlos glitt das schlanke Fahrzeug über das hier spiegelhelle Wasser in die Passage hinein. An beiden Seiten kochte wohl die Brandung, aber konnte nicht einmal ihren Schaum bis hier herüber werfen, und etwa zehn Minuten später erreichte die Brigg jene schon von außen bemerkte Biegung, wohinein selbst nicht die Dünung oder das Schwellen der See dringen konnte.

Aber hier fand der Kapitän doch jetzt, dass sein Obersteuermann Recht gehabt, als er ihm versicherte, er würde gegen Abend stillliegen müssen. Die schon ziemlich tief stehende Sonne warf in der Tat einen so blendenden Schimmer auf die Flut, dass es zur Unmöglichkeit wurde, irgendeine etwa darunter lauernde Gefahr zu erkennen. Es war nichts sichtbar, als der blendende auf dem Wasser liegende Schein, und Kapitän Wilkie sah sich wirklich gleich darauf genötigt, den Befehl zum Ankern zu geben.

Das geworfene Lot zeigte hier nur elf Faden Wasser, und er wollte sich doch nicht leichtsinnig der Gefahr aussetzen, sein Schiff, jetzt wo er die schwierigste Stelle passiert hatte, nur deshalb auf den Strand oder auf eine Klippe zu setzen, um noch an dem Abend ein paar Meilen zu machen, denn mit einbrechender Nacht musste er doch liegen bleiben.

Der Befehl wurde gegeben; der Anker war schon von dem Augenblick an, wo sie die Klippen in Sicht bekamen, klar gemacht, die Leute standen jeder auf seinem Posten, und wie der Kapitän nun einen Fleck erreicht hatte, wo er wusste, dass er die Nacht ruhig und ungefährdet liegen konnte, rasselte der Anker in die Tiefe, die Kette war fest um das Spill geschlagen, und kaum eine halbe Minute später, während die Segel ebenfalls gelöst wurden und ausflappten, schwang das Schiff herum und lag still in der glatten Flut.

Jetzt kam noch eine Viertelstunde geschäftige Zeit für die Leute, um erst alle Segel festzumachen, denn diese Vorsicht durfte nicht versäumt werden, und dann blieb nichts übrig, als die abgeworfenen Taue wieder aufzukoilen und das Schiff zu reinigen.

Es war damit etwa ein Viertel auf fünf Uhr geworden, und der Obersteuermann besonders hatte selber aus Leibeskräften mitgearbeitet, um alles so rasch als möglich fertig zu bringen, den Leuten auch unter der Hand zu verstehen gegeben, dass sie vielleicht heut Abend noch Bergelohn verdienen könnten, wenn sie sich tüchtig tummelten, und das half.

Es gibt nichts auf der Welt, was für einen Matrosen größeres Interesse hat, als solch ein Fall, wo er ein verlassenes Schiff besuchen kann, in welchem er, wenn er sich auch sagen muss, dass die eigenen Leute doch jedenfalls schon das Beste und Wertvollste mit fortgenommen haben, doch noch immer vergessene kostbare Dinge, jedenfalls aber Wein und andere Delikatessen zu finden erwartet, und man kann sie gewiss zu keiner Arbeit williger bekommen, als gerade zu der. Die Leute selber waren denn auch wirklich Feuer und Flamme dafür und wären am liebsten alle mitgegangen, als der Mate endlich wieder zum Kapitän trat und sagte:

»Nun, Sir, wie ist es? Wollen Sie mich einmal hinüberschicken zum Wrack?«

»Gern nicht, Mr. Brown«, sagte der Kapitän Wilkie, indem er einen Blick nach dem noch deutlich sichtbaren Fahrzeug warf. »Wir sind so nicht übermäßig stark an Mannschaft, und der Henker weiß, was in der Zeit vorfallen kann.«

»Nun, das Wetter ist für die Nacht sicher, Kapitän«, meinte der Mate, »und von den australischen Schwarzen haben wir hier draußen nichts zu fürchten. Die Küste ist ja noch nicht einmal in Sicht.«

»Da vorn ist Land.«

»Ja, ein paar kleine dürre, mit Büschen bewachsene Inseln, ohne einen Tropfen frisches Wasser; dort drüben hält sich kein Eingeborener auf und wir könnten hier ein Jahr liegen, ohne dass sie ein Wort davon erführen. Wären die Burschen in der Nähe, dann dürften Sie sich auch fest darauf verlassen, Kapitän Wilkie, dass sie das Wrack da drüben längst gefunden und geplündert hätten, denn die nackten Halunken können alles brauchen.«

»Gut denn, Mr. Brown«, lächelte der Kapitän, dem der Eifer nicht entgehen konnte, mit dem sein Offizier auf die Revision des verlassenen Schiffes brannte. »So nehmen Sie meinetwegen ein paar Mann und die Jolle und fahren Sie einmal hinüber.«

»Die Jolle, Kapitän? In die bringen wir aber nichts hinein.

»Ist es der Mühe wert, so hängen Sie ein Licht aus, Sie können sich ja eine Laterne mitnehmen, und wir schicken dann die Launch hinüber. Ich glaube aber kaum, dass Sie, außer den Segeln, noch viel Wertvolles darauf finden, Sie werden sehen.«

»Und wenn wir nun die Ketten mitnehmen, Kapitän?«

»Bah, das hält uns zu lange auf. Ich werde doch hier nicht sollen einen ganzen Tag liegen bleiben, um eine alte Ankerkette einzuladen, wegen der wir vielleicht ein paarmal fahren müssen, denn ich glaube nicht, dass Sie bis dorthin überall tief Wasser finden.«

»Wir sind doch hereingekommen.«

»Wollen Sie denn außen herumfahren? Das ist zu gefährlich.«

»Bei der See?«, lachte der Steuermann. »Von innen kommen wir nicht dazu; ich habe mir das Terrain schon von oben aus genau mit dem Glas angesehen. Es liegen überall Klippenstriche im Weg, die uns stundenlang aufhielten, um darüber oder dazwischen hinzukommen.«

»Nun, machen Sie, was Sie wollen«, sagte der Kapitän, sich abdrehend. »Wenn Sie meinem Rat folgen wollen, so versuchen Sie's aber erst einmal mit der Jolle. Ich kann auch überdies kaum so viele Leute von Bord entbehren.« Und damit ging er in seine Kajüte hinunter, dem Mate vollkommen freies Spiel an Deck lassend.

»Hm«, brummte der Mate leise vor sich hin, als ihn sein Vorgesetzter allein ließ. »Wenn Sie meinem Rat folgen wollen – die alte Geschichte. Nehm ich die Jolle, so bring ich nichts drin fort und kriege Grobheiten, nehm ich die Launch und finde nichts Gescheites, so krieg ich auch welche. Da nehm ich doch lieber gleich die Launch und vier Mann. Die sieben, die mit dem Untersteuermann an Bord bleiben, sind indes gerade genug, um die Nacht zusammen zu schlafen, denn weiter haben sie doch nichts zu tun. Also ans Werk – wer weiß denn, was da noch in dem alten Kasten liegt, und schon die Segel, die da noch an den Rahen sitzen, sind der Mühe wert – aber mit zwei Mann kann ich gar nichts da drüben ausrichten und vertändle die ganze Nacht.«

Und ohne weiteres ging der Seemann jetzt daran, die Launch in die See zu lassen, was mit Hilfe der ganzen Mannschaft auch in wenigen Minuten geschehen war. Der Steward musste ihm indes ein Fässchen mit Wasser füllen, denn ein Matrose verlässt nicht leicht ein Schiff, ohne sich zu verproviantieren, da man nie wissen kann, was vorfällt; ein Korb Zwieback wurde ebenfalls an Bord geschafft, und alles, was von kaltem Fleisch vorrätig war, damit die von Bord Gehenden ihre Abendmahlzeit unterwegs verzehren konnten – einen Taschenkompass steckte der Mate noch ein, und mit vier tüchtigen Leuten, die er sich ausgesucht, stieß das unbehülfliche Fahrzeug, dessen Segel man jetzt, gegen den Wind an, nicht gebrauchen konnte, von Bord, und ruderte schwerfällig gegen die Strömung des Kanals an.

Der Kapitän kam gleich darauf an Deck und sah seinem Boot kopfschüttelnd nach; aber er sagte kein Wort, warf nur einen Blick nach Osten und den sich dort bildenden Nebelstreifen hinüber, einen andern nach seinem Takelwerk hinauf, und stieg dann wieder in seine Kajüte hinab, die Schiffsordnung vor der Hand dem Untersteuermann überlassend.

Es war indessen später geworden, als der Mate gedacht, denn so rasch lässt sich ein so großes Boot doch nicht mit allem Nötigen versehen, und der Steward hatte auch so nichtswürdig lange getrödelt, ehe er ein kleines Fass fand und mit Wasser füllte. Die Sonne war nicht einmal mehr anderthalb Stunden hoch, denn in der Nähe des Äquators geht sie, mit nur geringem Unterschied in den Jahreszeiten, regelmäßig um sechs Uhr auf und um sechs Uhr unter, und der Mond schien ebenfalls nicht heute nacht. – Aber was tat's. Im schlimmsten Fall, und wenn es sich der Mühe wert zeigte, blieben sie die Nacht an Bord des Wracks – oder besser noch auf der kleinen Insel dicht daneben, wo die Schiffbrüchigen ebenfalls geschlafen –, zurück konnten sie dann morgen früh mit Tagesanbruch segeln und das eigene Schiff recht gut in einer Stunde erreichen.

Die vier Matrosen ruderten indes aus allen Kräften gegen die gar nicht etwa so unbedeutende Strömung an, und wer weiß, ob sie sich unter anderen Umständen so willig und gern in die wirklich schwere Arbeit gefunden hätten. Aber ihr eigenes Interesse war in Anspruch genommen, und sie legten sich mit Anspannung aller ihrer Sehnen in die Ruder, um nur erst einmal den Kanal zu passieren; draußen wussten sie dann, dass sie es lange nicht mehr so schwer bekommen würden.

Endlich hatten sie die Einfahrt erreicht und schaukelten bald darauf draußen auf den ruhig rollenden Wogen, wo sie auch jetzt, nachdem sie noch ein Stück von den Brandungswellen fortgerudert waren, ihr Segel aufspannen konnten. Der Wind war außerordentlich leicht, aber er half doch ein wenig.

Das Wrack lag jetzt vor ihnen, und sie liefen ziemlich rasch hinan, während der Steuermann indes mit seinem Fernrohr den Namen des Schiffes auszumachen suchte. Er schien sich auch in seiner anfänglichen Vermutung nicht geirrt zu haben. Es war wirklich ein Holländer, trug wenigstens einen holländischen Namen, *Meisje van Utrecht*, und schien allem Vermuten nach – wenigstens was man von hier aus noch erkennen konnte – ein ganz neues Schiff zu sein.

»Jungens, Jungens«, sagte der Mate, während er das Glas neben sich legte und die Schote des Segels ein klein wenig mehr anzog, um den Wind besser zu fangen. »Das ist richtig ein Holländer. – Gott weiß freilich, wie der da hinaufgeraten ist, denn die Holländer gehen sonst immer um das Kap der Guten Hoffnung nach Indien; wenn wir aber Glück haben, können wir da drüben einen verdammt guten Fang tun; macht nur zu, dass wir hinüberkommen und noch Tageslicht zum Nachsuchen behalten.«

Eine weitere Mahnung war nicht nötig, und die Riemen bogen sich ordentlich unter dem Gewicht der dagegenpressenden Matrosen, die nur dann und wann den Kopf zurückbogen, um zu sehen, welchen Fortgang sie machten und wie rasch sie sich der erhofften Beute näherten.

»Mate«, sagte da einer der Leute, der Bootsmann, der das vorderste Ruder führte, »hol mich dieser oder jener, aber ich glaube die Kombüse raucht!«

Der Mate, der ebenfalls gerade in diesem Augenblick scharf hinübergesehen hatte, griff rasch wieder sein Glas auf und sah hindurch – aber nur für einen Moment.

»*Bless my soul*«, murmelte er leise vor sich hin, »ob es mir nicht eben gerade auch so vorkam, und bei Gott, da ist Rauch.«

»Nicht wahr, Mate?«

»Bei allem was lebt – aber kein menschliches Wesen war vorher zu sehen, und wenn noch jemand an Bord wäre, müssten sie doch unser Boot bemerkt und Zeichen gegeben haben.«

»Am Ende haben die Leute, ehe sie das Schiff verließen, Feuer angelegt, Sir«, bemerkte einer der Leute, »und es ist nicht ordentlich angegangen und glimmt nur noch.«

Der Mate schüttelte den Kopf. Wie der Bootsmann vorher ganz richtig bemerkt hatte, stieg der Rauch genau von der Stelle auf, wo sich die Kombüse befand, und wenn sie wirklich Feuer angelegt hätten, wäre das doch jedenfalls in der Kajüte geschehen. Aber es ließ sich vor der Hand weiter nichts an der Sache tun; sie kamen dem Schiff ja auch mit jedem Ruderschlag näher, und die nächsten Minuten mussten ihnen doch das Rätsel lösen.

Neugierig schauten sich jetzt auch die Leute fortwährend beim Rudern um, ob sie nicht irgendwo über die Schanzkleidung einen menschlichen Kopf erkennen könnten, aber nichts Derartiges ließ sich blicken, und sie mussten nun schon selber an Bord gehen, um sich zu überzeugen.

Als sie den Platz erreichten, fanden sie aber, dass es gar nicht so leicht sei, bis dicht an das Schiff hinanzukommen, wie es von weitem den Anschein gehabt, denn es saß förmlich in den Klippen drin und musste jedenfalls von einer hohen Woge in ein in den Korallen befindliches Loch hineingehoben worden sein, in dem es jetzt fest und sicher eingekeilt stak. Dort schlug auch die Brandung noch von außen so dicht an die Riffe hinan, dass jeder Versuch vergebens gewesen wäre, da hineinzulaufen, hätten sie nicht dicht unterhalb einen kleinen und schmalen Kanal gefunden, der tieferes Wasser verriet.

Selbst hier blieb die Einfahrt immer noch gewagt, denn die Spritzwellen warfen ihnen das Wasser von beiden Seiten über den Rand des Bootes. Die Seeleute zögerten aber auch keinen Moment, den *Pass* zu forcieren, ja nicht ein Wort wurde auch nur darüber gesprochen. Der Mate steuerte, die Leute, die schon von selber wussten, was sie zu tun hatten, legten sich mit allen Kräften in die Ruder, und wenige Minuten später scheuerte der Rand des Langboots oder der Launch gegen das gestrandete Schiff selber an, das tief genug im Wasser lag, um dessen Rüsteisen vom Boot aus bequem mit der Hand zu erreichen. Es hatte dadurch auch nicht die geringste Schwierigkeit, an Bord zu klettern. Vor allen Dingen machten sie ihr eigenes Fahrzeug mit der Bowleine fest, und dann klommen die Leute wie die Katzen an den Eisen empor. Es war ordentlich, als ob jeder der Erste sein wollte, der das verlassene und doch, wie es schien, bewohnte Schiff betrat.

4. Der Einsiedler

Trotzdem war es ein unheimliches Gefühl, mit dem alle, ohne Ausnahme, das Deck des Fremden erklommen. Sie wussten, dass sie fremdes Eigentum betraten, und noch dazu einen Platz, der vielleicht erst vor kurzer Zeit der Schauplatz furchtbarer Not und Verzweiflung gewesen – ja, wer sagte ihnen, dass nicht jetzt noch Tod und Verderben dort oben hause. Denn war es nicht schon öfter vorgekommen, dass Pest oder Cholera an Bord eines Schiffes ausgebrochen und dieses dann, mit keinem gesunden und kräftigen Menschen mehr, es zu regieren, irgendwo auf den Strand gesetzt war, während die Ersten, die es betraten, von der unseligen Krankheit erfasst wurden und elend starben? Wenn nun auch hier etwas Ähnliches der Fall gewesen? Und fast unwillkürlich warf jeder, wie er nur den Kopf über die Schanzkleidung hob, den Blick unruhig und scheu über Deck, um zu sehen, ob keine Leichen dort umhergestreut wären.

Aber nichts Derartiges ließ sich sehen, ja sonderbarerweise glich das Deck nicht einmal dem eines Fahrzeugs, das die Mannschaft in wilder Flucht verlassen und wo unordentlich umhergestreut lag, was sie doch nicht retten konnten. Das Deck hätte nicht reinlicher und mehr *shipshape* aussehen können, auch wenn es unter dem strengsten Kapitän in irgendeinem Hafen sicher vor Anker gelegen hätte. Sämtliche Falle und Brassen hingen ordentlich an den Pinnen oder waren an Deck, wie es sich gehört, aufgekoilt – ja das Deck schien an dem Tag selber gewaschen und gefegt zu sein. Sogar das Messingwerk am Gangspill, Ruder und Skylight schien wie frisch geputzt, und – sie hatten sich auch in der Tat nicht geirrt – aus dem Schlot der Kombüse wirbelte ein dünner blauer Rauch empor. Es musste jemand an Bord sein, aber sonderbar, dass er ihre Ankunft nicht bemerkt haben sollte und sich an Deck zeigte – war er krank?

»Weiß der Henker, Bootsmann«, sagte der Steuermann mit halb unterdrückter Stimme, ein Bein noch immer über die Schanzkleidung geschlagen, auf der er ritt, ohne noch auf das Deck hinabzuspringen. »Wir hätten doch ein paar Waffen mitbringen sollen; die Geschichte hier kommt mir ganz unheimlich vor, als ob hier jemand im Hinterhalt liegen müsste und nun plötzlich auf uns herausspringen könnte.«

»Wäre nur schlimm für den jemand dann«, bemerkte der Bootsmann trocken. »Denn dort am Schnaumast stehen Handspeichen genug, um ihm den Schädel windelweich zu klopfen. Möchte nur wissen, ob das Teewasser bald fertig ist.«

Der Steuermann hatte einen Blick nach den erwähnten Handspeichen hinübergeworfen, die in der Tat dort in musterhafter Ordnung aufgestellt waren, und das gab ihm selber ein Gefühl der Sicherheit, denn ein solches Holz ist, in der Hand eines kräftigen Mannes, eine sehr wirksame und tüchtige Waffe.

»Ja, dann kann's nichts helfen, Bootsmann«, rief er. »Die Zeit vergeht und die Sonne da drüben hat schon höllische Lust unterzuducken. Wir müssen sehen, wie die Sache steht«, und damit sprang er ohne weiteres an Deck hinab und zu dem Mast hinüber, nahm dort eine der Handspeichen herunter und klopfte damit, als er sah, dass ihm seine Leute ebenso schnell gefolgt waren, auf das Deck. Das Geräusch musste jeder hören, der sich an Bord befand – aber keine Antwort erfolgte. Es blieb alles totenstill und die Seeleute sahen einander kopfschüttelnd an.

»Guck doch einmal einer in die Kombüse hinein«, sagte da der Steuermann, »ob frische Feuerung aufgelegt ist.«

Einer der Leute sprang nach vorn und kehrte gleich darauf mit der Nachricht zurück, dass der Wasserkessel auf dem Feuer stünde und Steinkohlen nachgelegt wären, die vor kaum zehn Minuten aufgeschüttet sein müssten, denn ein Teil von ihnen war noch nicht einmal ordentlich angebrannt.

»So hol mich dieser und jener«, sagte der Steuermann kopfschüttelnd, während er indes vergebens versucht hatte, einen Blick durch das geschlossene Skylight in die Kajüte hinabzuwerfen. »Wenn das nicht sonderbar ist. Hier, Jungens, fasst einmal an, wir wollen das Skylight abheben, dass wir nur erst sehen können, was da unten steckt.«

Ein paar der Leute sprangen zu, um dem Befehl Folge zu leisten, aber es ging nicht. Die Skylight-Klappe oder Decke musste – wie das manchmal der Fall ist – von innen festgehakt sein.

»Na dann kommt«, sagte der Mate entschlossen, »dann kann's nichts helfen; aber so viel weiß ich, dass ich nicht eher wieder von

Bord gehe, bis ich nicht gesehen habe, wer hier sein Wesen treibt –
nehmt euch die Handspaken und kommt mit.«

Und damit stieg er entschlossen die vom Quarterdeck auf das
Hauptdeck führende kleine Treppe hinab und stieß die Kajütentür
auf, die nur angelehnt stand und in den innern Raum direkten Ein-
lass gab.

Neugierig hatten sich die Leute ihm nachgedrängt, blieben aber
erstaunt auf der Schwelle stehen, als sie in der Kajüte auf dem kleinen Sofa, das hinten an der Rückwand befestigt stand, einen einzelnen Menschen lang ausgestreckt und, wie es schien, in tiefem Schlaf
fanden.

Der Bursche war jedenfalls Seemann, denn er trug nicht allein die
Tracht, und zwar die kurze Jacke mit blanken Knöpfen, wie sie die
Matrosen sonntags oder an Land anzulegen pflegen, sondern sein
ganzes Aussehen verriet es auch; aber einen wohltätigen Eindruck
machte dieses nicht.

Er hatte krauses, schwarzes Haar und einen ebensolchen, vielleicht seit drei Wochen nicht rasierten Bart, aber um den Mund lag
ein hässlicher Zug von Grimm und Verdrossenheit, und die Brauen
waren, selbst im Schlaf, fest zusammengezogen, dass sich die Stirn
in tiefe, wie ärgerliche Falten legte.

Bequem genug hatte er es sich aber hier gemacht, und was ihn in
Schlaf gebracht, blieb ebenfalls kein Geheimnis, denn auf dem Tisch
vor ihm stand eine der großen viereckigen Arrakflaschen ziemlich
bis zur Hälfte schon geleert, eine mächtige Zuckerdose, ein Glas,
eine Karaffe mit Wasser und eine erst kürzlich angebrochene Kiste
mit Zigarren, von denen der Schläfer noch eine, halb geraucht, zwischen den Fingern hielt.

Ein Blick in der Kajüte umher überzeugte den Mate dabei, dass er
es hier mit dem wahrscheinlich einzigen Bewohner des Schiffes zu
tun habe. Zur Vorsorge öffnete er auch noch ein paar der Nebenko-
jen, aber es war alles unbesetzt, und es blieb ihm endlich nichts
weiter übrig, als den ruhigen Schläfer zu wecken, um Näheres von
ihm über das Schiff selber wie die Ladung zu hören.

Das war nicht so leicht, als er es sich möglicherweise gedacht. Er ging auf den Mann zu, legte ihm die Hand auf die Schulter und sagte:

»He, Freund!«

Der Bursche rührte sich nicht.

»He, Freund!«, rief der Mate jetzt lauter und schüttelte ihn, um ihn munter zu bekommen, aber ein tiefes Grunzen des Halbtrunkenen war die einzige Antwort, die er erhielt. Viel Zeit durften sie aber auch nicht versäumen, denn die Strahlen der Sonne fielen schon ganz schräg gegen das Skylight an, und der Mate, während er einen Blick über die auf dem Tisch ausgepackten Herrlichkeiten warf, sagte lachend:

»Man sollt's nicht für möglich halten, und der Bursche lebt hier wie ein Prinz; aber wir können dich nicht länger schlafen lassen, mein Herz. Also heda, Kamerad – hallo ahoy!« Und er schrie ihm dabei in die Ohren, als ob er ein auf Kabellänge entferntes Schiff anrufen wolle.

»*Four bells? Hell!*«, brummte der Mann und schüttelte, noch immer im Schlaf, den Kopf, fuhr aber plötzlich, als er sich berührt fühlte, erschreckt in die Höhe, sah oben das Sonnenlicht durch die Scheiben fallen und die fremden Menschen die Kajüte füllen, und starrte sie so wild und verstört an, als ob er ebenso viele Geister gesehen hätte.

»Wie geht's Alter?«, sagte aber jetzt der Steuermann, nachdem er ihm einen Augenblick Ruhe gelassen hatte, um sich zu besinnen. »Ausgeschlafen?«

»*Bless my soul*«, stammelte der Mann, »*where, the devil, do you hail from?*«

»Wo wir herkommen?«, lachte der Mate. »Das möchte ich erst einmal dich fragen, mein Herz, denn du scheinst dich hier so behaglich und fest eingerichtet zu haben, als ob du dein Winterquartier bezogen hättest und auf festem Land statt auf einem Kasten säßest, der alle Augenblicke unter dir wegsinken kann.«

»Und wenn er's täte, wen kümmert's, wenn ich damit zufrieden bin«, knurrte der Gesell, dessen Sinne augenscheinlich noch von dem getrunkenen Branntwein befangen waren.

»Nu, nu«, lachte der Steuermann, »mach dir deshalb keine Sorge; deinethalben wär's auch vielleicht kein Unglück, aber deinethalben sind wir auch nicht hergekommen, und nur was Schiff und Ladung betrifft, wollten wir uns erkundigen. Und jetzt richte dich einmal auf und gib Antwort, denn wir haben keine lange Zeit zu verlieren. Wo kommt das Schiff her?«

Der wunderliche Einsiedler an Bord schien gar keine so besondere Lust zu haben, die an ihn gestellten Fragen zu beantworten, aber die fünf kräftigen Gestalten in der Kajüte sahen auch nicht aus, als ob sie mit sich spaßen ließen, und so weit war er doch jetzt wieder zur Besinnung gekommen, um zu begreifen, dass die Leute jedenfalls zu einem die Torresstraße passierenden Schiff gehörten. Nach einigem Zögern erwiderte er deshalb kurz:

»Von San Francisco.«

»So? Und wohin?«

»Na, das seht Ihr doch, dass wir an Ort und Stelle sind«, brummte der Gesell. »Müsste eine tolle Brise sein, die uns von hier wieder hinauswehte, wie sie uns hereingesetzt hat.«

»Aber wohin war das Schiff bestimmt?«

»New York«, sagte der Mann finster.

»Nach New York? Und was zum Henker hattet Ihr da in der Torresstrait zu suchen – aber was geht's mich an. Was für Ladung?«

»Ballast.«

»Ballast, und liegt fast bis an die Speigaten tief?«

»Wenn wir das im Leib hätten, was das Schiff die letzten drei Tage geschluckt hat«, lautete die mürrische Antwort, »so lägen wir noch tiefer.«

»Ist es leck?«

»Denke so – und alle Ursache –«

»Aber was treibst du dann noch an Bord, Schatz?«, fragte der Steuermann. »Und weshalb gehst du nicht wenigstens an Land und suchst indessen so viel wie möglich daraus zu bergen?«

»Was geht's Euch an, wo ich mich einquartiere«, brummte der Gesell, dem das Verhör zu lange dauern mochte.

»Hoho, nur ruhig Blut, mein Bursche«, sagte der Seemann kalt. »Kannst du uns vielleicht sagen, weshalb du allein hier zurückgeblieben bist, während sich die Mannschaft in die Boote gerettet?«

»Weil ich nicht bis Indien schwimmen kann«, sagte der Mann kurz. »Nun wisst Ihr, was Ihr wissen wollt, und lasst mich zufrieden.«

»Und du willst hier an Bord bleiben?«, rief der Mate erstaunt.

»Gewiss will ich«, lautete die Antwort. »Habe hier was ich brauche, und wenn mir die Geschichte zu langweilig wird, kann ich mich noch immer in die Jolle setzen und fortfahren.«

»Wo sind die Schiffspapiere?«

»Fragt den Kapitän.«

»Ich will dir was sagen, mein Junge«, meinte der Steuermann, der wohl merkte, dass er aus dem störrischen Patron nichts herausbrachte, während ihm das rosenfarbene Licht an den Skylightfenstern verriet, wie die Sonne eben im Untergehen sei. »Wenn du im Guten keine Vernunft annimmst, so ist es dein eigener Schade. – Bootsmann, holt einmal die Laterne aus der Launch und zündet sie an, ehe es dunkel wird; sucht dann von Lichtern und Lampen zusammen, was Ihr findet – du Bob nimmst einmal das Senkblei und siehst, wie viel Wasser wir um's Schiff herum haben – kannst auch gleich einmal in die Pumpen hineinfühlen, wie viel im Raum steht, und du Jack gehst mit Red in den Raum und seht euch einmal nach der Fracht um. John mag bei mir bleiben, dass wir die Kajüte revidieren. Apropos, Kamerad, hast du noch mehr von der Sorte an Bord?«, fragte er dann den Einsiedler, indem er sich eine von den Zigarren aus der Kiste nahm und sie an dem auf dem Tisch befindlichen Feuerzeug anbrannte.

»Und was für ein Recht habt Ihr?«, fuhr jetzt der Bursche auf. »Dass Ihr hier an Bord kommt, um die Herren zu spielen.«

»Und bist du etwa der Eigentümer«, fragte spöttisch der Mate.

»Jetzt allerdings«, beharrte jener. »Das Schiff ist mir überlassen, und was darin steckt, gehört mir.«

»Alle Wetter«, lachte der Seemann, »und ein verdammt ungastlicher Eigentümer noch dazu, einem Besuch in der Kajüte nicht einmal ein Glas Grog anzubieten. Schämst du dich nicht, Gesell? Hier, Leute, trinkt erst einmal, und dann scharf an die Arbeit.«

Die Leute ließen sich das nicht zweimal sagen, sie hatten schon lange lüsterne Blicke nach dem Arrak hinübergeworfen. Dann aber verließen sie auch rasch die Kajüte, um die gegebenen Befehle auszuführen.

Eine eigene Unruhe schien indes über den bisherigen Bewohner der Kajüte zu kommen, und zwar so auffallend, dass sie selbst dem Steuermann nicht entgehen konnte, dessen Augen sich bis dahin aber mehr mit der Kajüte selber als mit deren Insassen beschäftigt hatten.

Der finstere Gesell schien erst jetzt eigentlich vollständig nüchtern zu werden oder zu begreifen, was die Fremden eigentlich wollten. Das war kein flüchtiger Besuch eines vorbeisegelnden Schiffes, das galt hier eine Untersuchung, vielleicht Plünderung seines Fahrzeugs, und dem schien er sich jetzt nicht willig fügen zu wollen.

»Und was geht's euch an«, sagte er mit finster zusammengezogenen Brauen, »wie tief das Schiff im Wasser liegt und was es für Ladung hat, he? Hab ich euch nicht gesagt, dass wir in Ballast sind?«

»Zerbrich dir deshalb den Kopf nicht, mein Bursch«, lachte der Steuermann, der nicht gesonnen schien, eine Einrede von dieser Seite gelten zu lassen. »Sag mir vor allen Dingen einmal, wo eure Schiffsbücher sind – oder hat die der Kapitän mitgenommen?«

»Der Kapitän soll verdammt sein!«, knirschte jetzt der Fremde mit den Zähnen und hob sich, während er die geballte Faust auf den Tisch drückte, an seinem Sitz empor. »Seid ihr Piraten, dass ihr hier ein fremdes Schiff entert und darin hantiert, als ob ihr die Herren wäret?«

»Auch das nicht erwiderte der Seemann. »Wir sind ehrliche Matrosen, aber ich will dir etwas sagen, Kamerad, die Geschichte kommt mir hier verdächtig vor, dass die ganze Mannschaft sich nämlich in den Booten gerettet und dich hier allein, als Eigentümer des Fahrzeuges, zurückgelassen haben sollte. Weshalb erzählst du nicht einfach die Wahrheit und tust sogar, als ob du gar nicht darauf gewartet hättest, von einem andern Schiff hier mit fortgenommen und unter Menschen gebracht zu werden?«

»Und wer sagt Euch, dass ich wieder unter Menschen will?«, erwiderte der Bursche und schoss einen Blick voll Hass und Gift auf den Seemann.

»Nun bei Gott, das ist zu toll«, lachte der Steuermann laut auf. »Aber komm, John – wir dürfen uns nicht länger mit dem Patron aufhalten. Es wird dunkel und wir wollen doch erst einmal sehen, ob wir nicht wenigstens die Bücher bei Tageslicht finden können.«

»Steuermann«, sagte der Bootsmann, der den Kopf wieder zur Tür hereinsteckte, »hier an Bord ist faul Spiel gewesen. An Deck sind eine Menge Blutflecken – wohl ein bisschen abgescheuert, aber doch nicht ganz vertilgt.«

»Aha, mein Bursche – ob ich mir nicht so etwas gedacht habe. Wie sieht's mit dem Wasser aus, Bootsmann?«

»Es steht Wasser im Raum, aber das Schiff sitzt auf den Korallen auf und kann nicht wegsinken.«

»Gut denn, so helft einmal hier die Kajüten revidieren«, und mit den Worten wollte er nach der Tür zu, die er, mit der Einrichtung derartiger Schiffe vollkommen vertraut, für die Kapitänskajüte hielt, als der bisherige Bewohner des Schiffes mit einem wahren Wutgebrüll aufsprang, sich zwischen ihn und die Tür warf und in demselben Augenblick auch aus seinem Gürtel, oder wo er sie sonst herbekommen, eine der gewöhnlichen Schiffspistolen riss und sie dem Mate entgegenhielt. Aber es war nur ein Moment. Der Bootsmann hatte, wie nur der unheimliche Gesell die erste rasche Bewegung machte, schon die noch neben der Tür lehnende Handspake aufgegriffen, und wenn er sie in dem niedrigen Kajütenraum auch nicht zum Dreinschlagen gebrauchen konnte, fasste er sie doch mit beiden Händen und warf sie blitzschnell, wie eine Harpune, mit solcher Kraft gegen den Feind an, dass dieser davon zurücktaumelte. Allerdings drückte er noch im Fallen die Pistole ab, aber die Kugel schlug in die Deckbalken, und in demselben Moment kniete auch schon John auf seiner Brust und riss ihm die Waffe aus der Hand.

Es entstand jetzt ein kurzes Ringen. Wenn der finstere Gesell aber auch fast riesige Kräfte zeigte und wie ein Rasender selbst mit den Zähnen seine Angreifer zu fassen suchte, war er den drei kräftigen Männern doch nicht gewachsen, und wie die beiden anderen Leute von der *Betsy Ann*, durch den Schuss herbeigerufen, in die Kajüte stürzten, befand er sich schon macht- und widerstandslos in der Gewalt seiner Gegner.

Seeleute haben dabei immer die Taschen voll kurzer Enden Schnüre und Leinen, und wenige Minuten später hatten sie den rätselhaften Burschen, dessen Betragen sich noch keiner zu erklären wusste, festgebunden und wenigstens vor der Hand unschädlich gemacht. Zuleide wollten sie ihm ja auch gar nichts tun; er sollte ihnen nur nicht im Wege sein.

5. Eine Entdeckung

In der Kajüte sah es indessen wild genug aus, denn in dem Kampf waren Flaschen und Gläser natürlich von dem am Boden festgeschraubten Tisch hinuntergeworfen, und die Stühle lagen zerstreut umher. Es war auch indessen schon fast dunkel geworden, und nur noch ein schwaches Dämmerlicht fiel, als die Sonne hinter dem Horizont versunken war, durch das Skylight. Die indessen aufgefundenen Schiffslaternen wurden aber jetzt angezündet, und während der Steuermann einen der Leute als Wache bei dem Gebundenen ließ, ging er jetzt selber daran, die Kapitänskajüte zu revidieren, um in den möglicherweise dort vorgefundenen Büchern, wenn nicht Auskunft über den jetzigen Zustand des Schiffes, doch jedenfalls Genaueres über dasselbe zu erfahren.

Die Tür war verschlossen, aber viel Zeit blieb ihnen nicht, um nach dem Schlüssel zu suchen, den der Gebundene keinesfalls gutwillig hergegeben hätte. Die Handspake musste deshalb auch hier wieder helfen, und nach ein paar Stößen wich denn auch das sonst gut und stark gearbeitete Messingschloss.

Der Steuermann hatte die Laterne aufgegriffen und trat, sie hoch in der linken Hand haltend, in die Tür.

»Alle Teufel!«, rief er aber auch in demselben Augenblick schon erschreckt aus; denn der Zustand, in dem er diese Koje traf, verriet ein hier verübtes Verbrechen.

Die Matrosen drängten rasch herbei, und es blieb kein Zweifel, dass hier eine Untat verübt worden. Das Bett, in dem der Kapitän früher geschlafen, war mit großen Blutflecken bedeckt, die Decke – ebenfalls mit den roten unheimlichen Spuren daran – hinabgeworfen und lag am Boden. Eine Art von Sekretär, der in dem kleinen Raum stand, war erbrochen und der Inhalt umhergestreut, und man sah deutlich, dass die hier Eingedrungenen nach der Tat den Raum geplündert hatten.

In einer Blutlache am Boden lag auch noch das Journal des Kapitäns – ein anderes Zeichen, dass dieser nicht das Schiff lebend verlassen haben konnte, er würde sonst jedenfalls dies Buch mitgenommen haben.

In der Koje des Steuermanns, die sie später öffneten, fanden sie auch noch das von diesem geführte Logbuch; also auch er war in dem Kampf geblieben oder vielleicht, als er die Wache an Deck hatte, von den Meuterern meuchlings ermordet und über Bord geworfen worden.

Es blieb jetzt natürlich keine Zeit, das Logbuch genau nachzusehen, ein flüchtiger Blick aber, den der Steuermann hineinwarf, belehrte ihn, dass das *Meisje van Utrecht* nicht von San Francisco, sondern von Sidney ausgesegelt sei und seine Bestimmung nach Manila gehabt habe. Die Aussage des Gefangenen war also falsch; was aber in aller Welt diesen bewogen haben konnte, auf dem Schiff allein zurückzubleiben und die Kameraden ziehen zu lassen, blieb ein noch ungelöstes Rätsel. War er vielleicht an dem ganzen Morden unschuldig und hatten sie ihn nur verlassen, weil er sich den Verbrechern nicht anschließen wollte? Aber hätte er dann nicht mit Freude selber ein rettendes Fahrzeug begrüßen müssen, das ihn der weiten Öde entführte und wieder zu Menschen brachte? Ja wäre es nicht seine Pflicht gewesen, das verübte Verbrechen gleich anzuzeigen, damit die Mörder ihre Strafe erhielten?

Der Steuermann trat wieder zu ihm in die Kajüte, um ihn noch einmal deshalb zu fragen, aber das zeigte sich als völlig nutzlos, denn vor sich hinstierend lag der Gefangene am Boden und verweigerte jede Antwort, ja tat nicht einmal, als ob er die an ihn gerichteten Fragen höre.

Es blieb ihnen keine Wahl, als den mürrischen Gesellen sich selber und seiner Wache zu überlassen, und dann zu sehen, welchen weiteren Aufschluss sie bei Lampenlicht über das unglückliche Fahrzeug bekommen könnten. Der Steuermann wäre freilich am liebsten bis zum nächsten Morgen hier geblieben, um die Untersuchung bei Tag vorzunehmen, so öde, so unheimlich kam ihm der Platz vor, aber er wusste auch recht gut, dass Kapitän Wilkie keine Entschuldigung hätte gelten lassen, die ihn und sein Schiff länger, als die Elemente ihn zwangen, in dieser gefährlichen Straße gehalten. Die notwendigsten Beweise für das begangene Verbrechen konnte er auch recht gut bei Licht sammeln, und er zögerte denn auch nicht, seine Pflicht zu erfüllen.

So viel fanden sie auch bald, dass der Gefangene wenigstens in einer Hinsicht die Wahrheit gesagt hatte. Das Schiff ging wirklich in Ballast und hatte wahrscheinlich seinen mitgebrachten Cargo in Sidney verkauft und das bare Geld oder Wechsel dafür mitgenommen, außerdem aber einen wahren Überfluss von möglicherweise zum Handel bestimmten Provisionen, Weinen und Spirituosen an Bord. Ganze Kisten mit in Blechbüchsen eingepackten und verlöteten Lebensmitteln fanden sie, Wein in Masse, und der Mate ließ gleich einmal zwei von seinen Leuten darangehen, einen Teil derselben auf Deck zu hissen, um sie dann morgen mit ins Boot zu laden. In der einen Koje fanden sie auch noch eine Menge neues Segeltuch in ganzen Stücken, das ebenfalls als gute Prise erklärt wurde.

Unmittelbar unter der Kajüte war die Hauptvorratskammer, darinnen aber noch ein kleiner Verschlag, wo gewöhnlich die für Kajütengebrauch mitgenommenen Waren gehalten werden, und der Eingang dazu führte auch direkt von der Kajüte hinab.

Der Steuermann war mit unten im Zwischendeck, hielt die Laterne und betrachtete sich die ziemlich starke Brettwand, ob sie nicht vielleicht von hier aus, durch Losreißen einer der Planken, einen bequemen Eingang in das »Spintje« gewinnen könnten.

»Ach was, Mate«, sagte aber der Bootsmann, der neben ihm stand. »Da stecken dreizöllige Nägel drin, und wir quälen uns hier eine Stunde ab. Von oben gucken wir viel bequemer hinein, wenn's auch nicht eben der Mühe wert sein wird. Zu leben finden wir hier draußen genug, und ich glaube, wenn wir jetzt daran gingen, die Segel loszuschlagen und die eine neue Kette einzuladen, bekämen wir Fracht genug und hätten mehr Profit.«

»Bst«, sagte da Bob, der über eins der Fässer hinübergeleuchtet hatte, um zu sehen, ob dort vielleicht eine Tür hineinführte. »Da drinnen stöhnt etwas.«

»Das ist der Bursche in der Kajüte«, sagte der Steuermann, »die Taue werden ihm wohl ein bisschen ins Fleisch schneiden, geschieht ihm Recht, dem störrischen Halunken.«

»Nein, Steuermann«, rief aber der Mann zurück. »Das ist hier drin – hol mich dieser und jener, da drin liegt jemand«, und er kletterte dabei hastig über sein Fass zurück, als ob er befürchtete, dass da der Geist eines der Erschlagenen vielleicht umgehen oder ein anderes Schreckbild vor ihm auftauchen könne.

Der Mate hob mahnend seine Hand empor und horchte – alles war totenstill; da plötzlich drang ein leises, aber deutliches Stöhnen von dort heraus.

»Beim Himmel, du hast Recht, Bob«, rief jetzt der Mate, »da drinnen liegt ein lebendes Wesen, was es auch sei, ein Hund oder Mensch, aber heraus müssen wir es haben. Eine Axt her – dort drüben habe ich eine liegen sehen.«

Das verlangte Werkzeug war rasch gefunden, und der Bootsmann hatte mit ein paar Hieben das eine Brett losgeschlagen. Jetzt vermochten sie das Werkzeug hinter die andere Planke zu bringen, und wenige Minuten später hatten sie die Rückwand des Verschlages so weit herausgebrochen, dass sie bequem den engen Raum betreten konnten.

Es waren starke, beherzte Männer, die hier in dem fremden Fahrzeug ihr Rettungswerk begannen, aber trotzdem schlug ihnen doch das Herz fast hörbar in der Brust, als sie, mit ihren Laternen vorleuchtend, in den düstern, unheimlichen Raum traten, der ihnen irgendein unbekanntes Schrecknis enthüllen sollte. Aber keiner sprach ein Wort – lautlos stiegen sie über die nächsten, noch im Weg stehenden Kisten hinweg, und der Raum war hier durch das niedere Deck so beengt, dass sie auf ihren Knien verkriechen mussten; aber dass sie sich nicht geirrt, bewies ihnen jenes, wenn nicht lauter, doch deutlicher gewordene Stöhnen.

Der Steuermann war voran hineingekrochen, und die Lampe hochhebend, erkannte er bei dem matten, unsichern Schein derselben eine menschliche Gestalt, die anscheinend gebunden am Boden lag! Aber, großer Gott, wie sah der Unglückliche aus! Mit zerrissenen Kleidern und blutbedeckt, die Hände auf dem Rücken zusammengebunden, mit nicht einmal Raum genug, sich auszustrecken, lag er, wie zwischen die Kisten hineingeworfen – nur noch Leben war in dem Körper und vielleicht ein Gefühl seines Elends und Jammers – weiter nichts.

Bewusstsein konnte der Unglückliche kaum noch haben, sonst hätte er seinen Rettern entgegengerufen und sie um Hilfe angefleht, aber er rührte und regte sich nicht, als die vier Männer, stumm vor Entsetzen, sich um ihn scharten, und nur als sich der Steuermann endlich mit einem aus tiefer Brust geholten Seufzer zu ihm niederbog, um ihm den Kopf etwas in die Höhe zu heben, teilten sich seine Lippen, und mit einem leisen, kaum hörbaren Laut flüsterte er:

»Wasser!«

Der Steuermann warf den Blick umher. Dicht neben ihm stand die geöffnete Kiste mit Flaschen.

»Was ist da drin?«, fragte er.

Bob hatte schon eine der Flaschen herausgenommen, hielt sie ans Licht und las: »Sherry.« Ohne auch weiter einen Befehl abzuwarten, schlug er den Hals der Flasche an der nächsten Kiste ab, riss seinen Hut herunter, goss von dem Wein hinein und hielt ihn dem Verschmachtenden an die Lippen. Der Bootsmann hatte indessen sein Messer herausgenommen und die Seile durchschnitten, die um die blutenden und eiternden Gelenke des Unglücklichen saßen, und während der Steuermann ihn jetzt mit dem Oberkörper emporrichtete, flößten sie ihm etwas von dem stärkenden Wein ein.

Aber die Luft hier unten war so schwül und dumpf, dass es selbst die von draußen eben hereinkommenden Männer kaum ertragen konnten. Es mag auch sein, dass sie der furchtbare Anblick hier übermannte, aber sie sehnten sich nach frischer Luft – hinaus aus dem engen entsetzlichen Raum.

Dicht neben der Stelle, wo der Unglückliche lag, führte eine kleine Treppenleiter zu einer Klappe im Deck und, wie sich bald zeigte, im Boden der Kajüte, und diese öffnete sich jetzt, während der bei dem Gefangenen Wache haltende John niederrief:

»Was zum Henker habt ihr denn da gefunden – was ist's?«

»Wirf einmal ein Leintuch aus einer der Kojen herunter, John«, lautete aber die Rückantwort des Mate. »Hier liegt ein halbtoter Mensch, den wir hinaufschaffen müssen.«

»Ein Mensch?«

»Rasch – rasch – wer weiß, ob er noch lange genug lebt, um uns Auskunft zu geben.«

John verschwand von der Öffnung, aber schon wenige Sekunden später flog eins der Betttücher hinab, und die Matrosen hoben so vorsichtig und sorgsam wie nur möglich den Verwundeten hinein, um ihn damit besser durch die Luke in die Kajüte hinaufheben zu können.

Das war kein leichtes Stück Arbeit, aber es ging mit Hilfe der Leiter, und wie sie nur erst einmal den Oberkörper so weit hinauf hatten, dass John das Leintuch fassen konnte, brachten sie den indes ohnmächtig Gewordenen wenigstens in die Kajüte.

Aber auch hier durfte er nicht bleiben, denn auch hier war es dumpf und schwül, und ohne den Unglücklichen auch nur auf den Boden zu legen, trugen sie ihn aus der Tür hinaus, an die frische Luft, um ihn dort an Deck zu legen. John sprang indessen in des Kapitäns Kajüte, riss dessen blutige Matratze heraus, wobei er eine darunterliegende Brieftasche fand und einsteckte. Er schleppte dann die Matratze hinauf, auf welche sie jetzt den Armen betteten, und während einer der Leute einen Eimer Wasser aus See zog, um ihm Schläfe und Stirn zu waschen, suchte ihm der Steuermann nochmals ein paar Tropfen Wein einzuflößen.

An den Gefangenen hatte indessen, in der Erregung über die neue Entdeckung, niemand gedacht, oder sich um ihn gekümmert: lag er doch auch fest gebunden im Schiff und konnte ihnen also gar nicht entgehen; aber er war ein aufmerksamer Zeuge des Ganzen gewesen, und so teilnahmslos und gleichgültig er sich bis jetzt gezeigt, so wilde Leidenschaften schienen ihn in diesem Augenblick zu beherrschen.

Schon bei dem ersten Geräusch, als die Seeleute da unten die Planken des Verschlags auseinander hieben, war er zusammengezuckt, und wenn er auch seinen Wächter nicht merken ließ, was in ihm vorging, knirschte er doch seine Zähne fest und ingrimmig zusammen und suchte vergebens seine Arme aus der ihn haltenden Schlinge zu befreien.

John achtete dabei gar nicht auf ihn – er hörte, dass da unten etwas Besonderes vorging, und horchte, bis er die Stimme der Seinen dicht unter der Luke vernahm und diese dann öffnete. Jetzt war er mit den anderen oben an Deck beschäftigt, den Bewusstlosen ins Leben zurückzurufen, und wie nötig wäre er gerade in diesem Augenblick in der Kajüte gewesen! Dort lag der Gefangene und zerrte an seinen Banden, aber nicht mehr verzweifelnd und in blinder, seine Kräfte erschöpfender Leidenschaft, sondern vorsichtig und geschickt. Er hatte gefühlt, dass die eine Schlinge, die ihn hielt, etwas nachgelassen, und während er die linke Hand herüber und hinüber drehte, zwang er sich die Schnur weiter und weiter über den Daumen. Die Haut riss er sich wund dabei, aber er fühlte keinen Schmerz; der Schweiß trat ihm von der Anstrengung auf die Stirn, aber er empfand keine Erschöpfung und jetzt – jetzt hatte er die linke Hand heraus. Im Nu war nun das lockere Seil auch über die rechte Hand gestreift, und das Feuerzeug vom Tisch aufgreifend, sprang er damit in die nämliche Luke hinunter, aus welcher die Leute der *Betsy Ann* eben erst den unglücklichen Gefangenen befreit hatten.

6. Unerwartete Störung

Die Matrosen hatten indes die Genugtuung, das arme misshandelte Menschenkind wieder ins Leben zurückzurufen, und dazu trug wahrscheinlich ebenso viel die frische balsamische Nachtluft als die eingeflößte Erfrischung bei. Nasse Tücher wurden ihm außerdem um die Stirn gelegt, und ordentlich rührend war es zu sehen, wie sich die rauen Seeleute mit fast weiblicher Sorgfalt bemühten, ihm sein Lager bequemer zu machen oder irgendetwas zur Linderung seiner Schmerzen beizutragen.

Rätselhaft blieb freilich immer noch der Zusammenhang des Ganzen – wie der trunkene wüste Bursche allein in die Kajüte, wie der Gebundene da hinab in den Raum kam, wenn auch ein dunkler Verdacht über den Zusammenhang in dem Herzen des Steuermanns aufstieg. Jedenfalls beschloss er, unter den jetzigen Umständen den Tagesanbruch nicht abzuwarten, sondern lieber gleich mit dem, was sie an Deck geschafft, und dem Gefangenen wie dem Verwundeten an Bord zurückzukehren, wo dieser auch bessere Pflege finden konnte wie hier. Brachten sie den armen Teufel dann so weit, dass er nur eine Andeutung über das Geschehene geben konnte, so entschloss sich Kapitän Wilkie vielleicht, einen Tag daranzuwenden und die Launch noch einmal herüberzuschicken – es lohnte immer der Mühe. Aber der Gefangene –

»Alle Wetter!«, rief der Steuermann plötzlich, als ihm der wieder einfiel. »Was tust du den hier an Deck, John? Drunten in der Kajüte –«

Er konnte seinen Satz nicht beenden, denn ein furchtbarer Schlag schmetterte in dem Augenblick durch das Schiff, und mit dem Schlag zugleich schoss eine Feuersäule empor und warf Trümmer und Holzstücke ringsumher, dass einzelne davon bis in die gegen das Riff anprallende Brandung stürzten.

Die Seeleute fuhren erschreckt empor und waren einen Moment wie erstarrt – es schien fast, als ob sie einen zweiten Schlag erwarteten, der das Schiff dann voneinander reißen musste. Aber nur dunkler unheimlicher Qualm – der Pulverrauch – wälzte sich von der der See zugekehrten Seite des Schiffes in die Höhe und quoll jetzt auch aus der noch offenen und auf das Hauptdeck führenden Kajütentür heraus.

Der Verwundete selber schien von dem Knall der Explosion aus seinem Hinbrüten erwacht zu sein. Zum ersten Mal öffnete er die Augen und sah verstört um sich.

»Die Kajüte brennt!«, rief da der Bootsmann.

Es war, als ob der Verwundete etwas sagen wolle, aber keinen Laut brachte er über die geöffneten Lippen – er hob den Arm noch ein wenig und brach dann wieder erschöpft oder ohnmächtig zusammen.

Aber etwas anderes fesselte die Aufmerksamkeit der Leute jetzt, denn aus dem untern Raum scholl ein wildes, markdurchdringendes Angstgeheul zu ihnen herauf.

»Das ist der Schuft, der uns das Pulver angezündet hat«, rief da der Steuermann und sprang mit einem Satz auf das Quarterdeck hinauf, wo er mit dem ersten Besten, was ihm in die Hand fiel, die Glasscheiben des Skylight zusammenschlug, um dem Qualm wenigstens Abzug aus der Kajüte zu geben. Das half auch. Durch die Lücke, die sich das Pulver selber gerissen, durch die obere Öffnung und die Tür strömte der Qualm hinaus ins Freie – aber es war nicht allein das Pulver, das ihn erzeugt hatte, denn das aus den Weinkisten umhergestreute Stroh da unten hatte wahrscheinlich ebenfalls Feuer gefangen, und dicker, schwarzer Rauch folgte dem weißen Pulverdampf.

Und markdurchschneidender wurde das Geheul des da unten jetzt von seinem Geschick Ereilten, und der Steuermann, als er fand, dass er nicht von oben eindringen, wenigstens nichts in dem innern Raum erkennen könne, während er selber fürchten musste, in der Dunkelheit hinabzustürzen, dachte an die Planken, die sie vorhin im Zwischendeck losgeschlagen, und rief zweien seiner Leute, ihm dahin zu folgen.

Der Rauch war hier nicht so arg, da ihn der Luftzug mehr nach oben jagte, und von dem wilden Schreien des dort zurückgehaltenen Menschen geleitet, drangen sie mit ihren Laternen in das Innere vor. Aber sie kamen nicht weit, nur das konnten sie noch erkennen, dass dort unten durch die Explosion die Kisten durcheinander geworfen und auch ein paar der Deckbalken eingestürzt waren – da brach eine helle lodernde Flamme empor – noch ein wilder Aufschrei – dann Totenstille in dem unheimlichen Raum, und nur das Knistern der Flamme in dem Stroh und Holz.

Die Seeleute konnten kaum rasch genug zurück, damit sie nicht selber von Glut und Rauch gehalten und erstickt würden, und jetzt war auch ihres Bleibens nicht länger an Bord.

Der Bootsmann hatte indessen schon nach der Launch gesehen, ob nicht hineingeworfene Holzstücke sie vielleicht zertrümmert oder so arg beschädigt hätten, dass sie nicht wagen dürften, damit in See zu gehen. Aber glücklicherweise lag sie an der Landseite zu Larbord, während die Explosion an der Starbordseite des Schiffes nur diese Seite auseinander gerissen und dorthin die Bruchstücke geschleudert hatte.

Kaum an Deck, griffen alle jetzt zu, um den Verwundeten in das Boot zu heben und dann von den Gütern, die sie glücklicherweise schon hinaufgeschafft, noch zu bergen was möglich war. Zwei der Leute holten dazu die Launch weiter nach vorn, wo sie noch nicht von dem Feuer belästigt wurden, und das Einladen ging jetzt rasch und ungesäumt vor sich.

Das Feuer machte auch in der Tat nicht gleich so rasche Fortschritte, da es noch immer von dem Qualm des vielen dort unten liegenden Strohes erstickt wurde, und ebenso wenig brauchten sie zu fürchten, dass das auf den Korallen festsetzende Schiff mit ihnen wegsank. Rücksicht auf das Schiff selber durften sie auch nicht nehmen, denn das ließ sich nicht mehr retten. Im Nu war deshalb dort, wo die Launch lag, die obere Schanzkleidung – die so genannte Monkeyrailing – und eine der Regelingsstützen weggeschlagen, und damit das offene Deck des tief liegenden Schiffes fast dicht über ihr Boot gebracht, dass sie die Kisten und sonstigen Gegenstände nur hineinzuschieben brauchten, und die Leute warfen dann noch von den Brassen und sonstigem Tauwerk los, was sie erreichen und rasch in Sicherheit bringen konnten.

Aber nicht lange ließ ihnen das Element, das jetzt von dem Schiff Besitz ergriffen, Zeit dazu. Die Flamme, die ihnen zu ihrer Arbeit leuchtete, hatte das geteerte Tafelwerk ergriffen und schoss von dem Besanmast hinüber an den Hauptmast, lief an den Wanten und Pardunen, wie das Teer flüssig wurde, mit Blitzesschnelle hinauf und glitt auch bis nach dem Vormast hinüber. Die oben zuerst durchgebrannten Pardunen schlugen dann auf Deck nieder, dass die Funken weit umhersprühten, und nicht allein an der Back fing dort aufgekoiltes Tauwerk schon zu glimmen an, sondern auch aus dem Vorcastle quoll der Rauch, da sich das Feuer im Zwischendeck unten fortgepflanzt hatte.

Es war die höchste Zeit, dass die Leute von der *Betsy Ann* das brennende Schiff verließen, wenn sie nicht der Gefahr ausgesetzt sein wollten, dass selbst das Deck, auf dem sie standen, von unten verkohlte und mit ihnen zusammenbrach. Ebenso standen jetzt die drei Masten in vollen Flammen, und stürzte einer von diesen über ihr Boot, so war ihnen selbst der Rückzug abgeschnitten.

Der Steuermann gab dadurch selber das Zeichen zur Abfahrt, dass er in die Launch hineinsprang und den Steuerriemen aufgriff – Bob fehlte noch, aber er kam schon angehetzt und hatte sich nur ein vorher beiseite geschobenes Kistchen mit Zigarren, das aber auch schon an der einen Ecke glimmte, mitgebracht.

Die Ruder wurden gegen die Schiffswand gesetzt, und rasch trieb die Launch an dem brennenden Wrack vorbei wieder in den schmalen Kanal hinein, der sie aus den Korallen hinaus und in die offene See bringen sollte. Noch hatten sie den Rumpf aber kaum hundert Schritt verlassen, als auch das Vorderteil in vollen Flammen stand und die Glut von allen Seiten zusammenschlug: Es war die höchste Zeit gewesen, sich in Sicherheit zu bringen. Aber mit Tageshelle erleuchtete auch das brennende Schiff das Meer ringsumher, und besonders glühten die Schaumwellen der Brandung in einem unheimlich roten Licht. Doch die See war ruhig und sie durften jetzt auch hoffen, den Kanal, in welchen die *Betsy Ann* eingelaufen, selbst in finsterer Nacht wieder zu finden, indem sie nur mit dem gesetzten Segel an den weißen Kämmen der Brandung hinhielten, bis sie deren Ende und damit die Mündung des Kanals erreichten.

Aber auch an Bord der *Betsy Ann* waren die Leute, als sie das Wrack in Flammen stehen sahen, besorgt um ihre Kameraden geworden, und Kapitän Wilkie hatte an beiden Masten große farbige Laternen aufhängen lassen, um ihnen wenigstens die Stelle zu zeigen, wo sie lagen.

Wunderbar großartig sah es aus, wie das brennende Schiff, mit all seinen Masten in Flammen, die helle Lohe gegen den Sternenhimmel hinaufschickte, und die Blicke der rudernden Matrosen hingen unverwandt an dem Schauspiel. Ja, als der Besanmast sich zuerst zur Seite neigte, und dann durch sein Gewicht die beiden anderen, schon großenteils durchgebrannten Masten mit über und ins Meer riss, vergaß der Steuermann selber die Lenkung seines Bootes, die Leute ruhten auf ihren Rudern und alle starrten schweigend in die Funken sprühende, gewaltige Glut. Aber nicht lange – dort vor ihnen lag der Kanal, dort drüben konnten sie schon deutlich die Signallichter an den Tops ihrer eigenen Brigg erkennen, und mit hier vollkommen günstiger Brise liefen sie rasch hinan.

7. Schluss

Es war elf Uhr vorbei, als sie die Brigg erreichten, wo sie von einem lauten Hurra der Kameraden empfangen wurden. Waren doch alle schon besorgt um ihr Schicksal gewesen, da man den Knall der Explosion bis hierher gehört, und Kapitän Wilkie hatte selber nicht übel Lust gehabt, hinüberzufahren, wenn er es eben gewagt, sein Schiff sich selbst zu überlassen.

Dem Verwundeten wurde indessen augenblicklich eine der gerade leer stehenden Kojen hergerichtet, und der Kapitän, der selber etwas von der Medizin und Chirurgie verstand, untersuchte seine Verletzungen, die er aber nicht für tödlich fand, und den erschöpften Zustand des Armen mit Recht mehr der nichtsnutzigen Behandlung und dem ausgestandenen Hunger und Durst zuschrieb. Was geschehen konnte, um ihm zu helfen, geschah auch in der Tat, und Ruhe blieb dann das Einzige, was noch eine wohltätige Wirkung auf ihn ausüben konnte.

Der Steuermann musste jetzt erzählen, was sie an Bord gefunden, und der Kapitän schüttelte dabei fortwährend über den abenteuerlichen Bericht den Kopf. Der Einzige aber, der darüber bestimmte Auskunft hätte geben können, lag noch bewusstlos in seiner Koje oder durfte doch wenigstens heute nicht mehr mit Fragen gequält werden.

Am nächsten Morgen hatte er sich allerdings merklich erholt. Er lag wach auf seinem Bett und drückte leise Kapitän Wilkies Hand, als dieser zu ihm kam, um zu sehen, wie es ginge. Aber sprechen konnte er noch immer nicht, und Kapitän Wilkie hatte auch heute wirklich zu viel zu tun, um an etwas anderes zu denken als an sein Schiff.

Das fremde Fahrzeug war noch in der Nacht bis auf den Wasserspiegel niedergebrannt, und nicht einmal mehr aufsteigender Rauch verriet die Stelle, wo es lag.

Der Anker wurde aufgeholt, die Rahen angebrasst, und die *Betsy Ann* kam langsam unterwegs, um ihren Lauf zwischen den wunderlichen Windungen von Klippen und Inseln hin zu nehmen, welche die Torresstraße durchschneiden. Die Brise hatte aber tüchtig aufgefrischt, und wenn auch nur vor den beiden Marssegeln, um nicht zu raschen Fortgang zu machen und doch vielleicht eine unter Wasser versteckte Klippe anzulaufen, legten sie ein so tüchtiges Stück zurück, dass sie Nachmittags um vier Uhr, wo sie wieder ankern mussten, schon in Sicht von Kap York, der Nordspitze Australiens kamen.

Der Kranke, der übrigens eine eiserne Konstitution zu haben schien, sonst hätte er auch wohl nie die erlittenen Misshandlungen ausgehalten, erholte sich bis dahin wenigstens so weit, dass er doch wieder ordentliche Nahrung zu sich nehmen konnte. Seine Verwundungen schienen überdies nur leicht, und die schwerste zeigte sich am Kopf – es war ein Hieb mit einem scharfen Instrument, den er dort bekommen und der ihn damals wohl betäubt haben mochte, aber weiter sein Leben nicht gefährden konnte. – Zum Erzählen war er aber immer noch zu schwach, und Kapitän Wilkie besaß zu viel Zartgefühl, ihm jetzt, in seinem doch noch immer bedenklichen Zustand, peinliche Erinnerungen zu früh in der Seele wachzurufen.

Der *Betsy Ann* ankerte diesen Abend unmittelbar in der Nähe einer kleinen, mit Büschen bewachsenen Insel; man konnte die australische Küste deutlich zu ihrer Linken liegen sehen. Das Land war dicht bewachsen, aber nur von Wilden bewohnt.

Am nächsten Morgen hatten sie etwa eine Seemeile zurückgelegt, als sie vor sich im Fahrwasser einen dunkeln Punkt entdeckten, der einer Klippe nicht unähnlich sah.

Die Marssegel wurden losgeworfen, dass das Schiff nur ganz unbedeutenden Fortgang machte, und so näherten sie sich langsam der gefürchteten Stelle – aber es war kein Fels, der ihnen hier die Durchfahrt verwehrte oder auch nur gefährdete, sondern nichts als der Überrest eines zertrümmerten Schiffsbootes, das umgeworfen und mit dem zersplitterten Kiel nach oben auf dem Wasser lag.

Kapitän Wilkie ließ seine Jolle nieder, um wenigstens den Namen des Bootes zu lesen, da diese gewöhnlich den ihres Schiffes führen. Der Steuermann war mit hineingestiegen und rief, wie er nur das kleine Wrack erreicht hatte, schon hinter seinem indes vorbeisegelnden Schiff her: »*The Meisje van Utrecht*, Kapitän!«

Das musste das Boot sein, auf dem sich die Mannschaft des gestrandeten Schiffes gerettet und dann hier in der Straße, Gott weiß durch welchen Unfall, ihr Ende gefunden hatte. Möglich, dass die Schwarzen das Boot mit ihren Kanus überfallen, denn in dieser Jahreszeit schwärmen sie gern in der Torresstrait und liegen dem hier sehr ergiebigen Fischfang ob – möglich, dass es auf einen der heimtückischen Felsen gerannt, die an vielen Stellen wie einzelne Kegel aus der Tiefe des Wassers ragen. Was aber auch immer die Ursache gewesen sein mochte, die Leute waren jedenfalls verloren, denn an dieser Küste gab es keine Rettung für sie.

Mit den Überresten des zersplitterten Bootes ließ sich übrigens nichts anfangen, und als der Kapitän, backgebrasst, sein eigenes Boot erwartet und die Leute wieder an Bord genommen hatte, setzte die *Betsy Ann* ihre unterbrochene Fahrt fort.

Drei Tage vergingen so. Die Brigg hatte die Gefahren der Torresstrait hinter sich und segelte lustig in dem ruhigen Wasser des Indischen Ozeans dahin, als sich der Kranke endlich so weit erholt hatte, dass er Aufschlüsse über sich und sein verlorenes Schiff geben konnte.

Er war, wie der Steuermann längst vermutet, der Kapitän desselben gewesen, und eine jener furchtbaren Szenen hatte sich an Bord abgespielt, wie sie so oft schon auf See Menschen zu Hyänen gemacht und den reinen Ozean mit Blut gefärbt.

Der *Meisje van Utrecht* war in Sidney mit seiner gewöhnlichen Mannschaft, die aber großenteils aus dort geworbenen Leuten bestand, in See gegangen, und ohne sein Wissen hatten sich drei flüchtige Sträflinge, jedenfalls von Einzelnen der neu Angenommenen unterstützt, an Bord versteckt gehalten, bis das Schiff aus Sicht von Land war. Ein Plan schien dann gemacht zu sein, das Fahrzeug zu nehmen, um nach einer der wunderschönen Südsee-Inseln zu steuern und dort zu bleiben. Einzelne der Mannschaft wurden dazu gewonnen, und als der Steuermann eines Nachts die Wache an Deck hatte, erschlugen ihn die Meuterer wahrscheinlich meuchlings, warfen ihn über Bord und überfielen dann den Kapitän in seiner Kajüte, während die von der Mannschaft, die nicht hatten verführt werden können, ebenfalls niedergemacht wurden.

Der Kapitän sollte aber keinen so raschen Tod sterben. Einer der Buben – sein eigener Bootsmann, den er im Hafen von Sidney bei einem Diebstahl ertappt hatte und peitschen ließ – nahm furchtbare

Rache und warf den Unglücklichen in das Spintje unter der Kajüte gebunden hinab, um ihn dort langsam verschmachten zu lassen. In derselben Nacht erhob sich ein Sturm und schleuderte das Schiff an die Riffe, und die Meuterer verließen es mit dem Boot, um sich wahrscheinlich nach Neu-Guinea oder dem Ostindischen Archipel zu retten. Ihr Schicksal schien sie aber schon, dem aufgefundenen Boot nach, in der Torresstraße erreicht zu haben. Nur der Bootsmann blieb zurück; ob er sich mit den Übrigen nicht vertragen konnte – ob er sich an den Leiden seines Schlachtopfers noch länger weiden wollte – wer weiß es! Provisionen und Leckerbissen mit allen möglichen Getränken befanden sich genug an Bord; möglich, dass ihn auch diese zurückgehalten, da er mit der Kapitänsjolle noch immer allein fortkonnte, wenn er das Leben satt bekam. Täglich aber stieg er zu seinem unglücklichen Gefangenen hinab, der ihn vergebens um einen Trunk Wasser, ja als er ihm das höhnisch verweigerte, um den Tod bat, nur von seinen furchtbaren Leiden befreit zu werden.

Nach den Büchern, die der Mate gerettet hatte, musste es der vierte Tag gewesen sein, dass der Unglückliche, schon fast verschmachtet, in seinem dumpfen Gefängnis lag, als Gott ihm das fremde Schiff zu seiner Rettung sandte. Den Verbrecher hatte aber sein verdientes Los erreicht, und er hatte einen elenden Tod dort gefunden, wo er seine Schandtat begangen.

Der Kapitän des *Meisje van Utrecht*, dessen wichtigste Papiere übrigens der Bootsmann in der gefundenen Brieftasche gerettet, machte später die Anzeige von der begangenen Seeräuberei in Singapur, und ein kleines dort liegendes englisches Kriegsschiff lief durch die Straße, um vielleicht noch einzelne der Piraten aufzubringen und ihrer verdienten Strafe zu überliefern. Aber es fand keine Spur mehr von ihnen – die Fische des Meeres oder die australischen Schwarzen mit ihren Holzspeeren hatten das Rächeramt schon übernommen.

Über tredition

Eigenes Buch veröffentlichen

tredition wurde 2006 in Hamburg gegründet und hat seither mehrere tausend Buchtitel veröffentlicht. Autoren veröffentlichen in wenigen leichten Schritten gedruckte Bücher, e-Books und audio-Books. tredition hat das Ziel, die beste und fairste Veröffentlichungsmöglichkeit für Autoren zu bieten.

tredition wurde mit der Erkenntnis gegründet, dass nur etwa jedes 200. bei Verlagen eingereichte Manuskript veröffentlicht wird. Dabei hat jedes Buch seinen Markt, also seine Leser. tredition sorgt dafür, dass für jedes Buch die Leserschaft auch erreicht wird.

Im einzigartigen Literatur-Netzwerk von tredition bieten zahlreiche Literatur-Partner (das sind Lektoren, Übersetzer, Hörbuchsprecher und Illustratoren) ihre Dienstleistung an, um Manuskripte zu verbessern oder die Vielfalt zu erhöhen. Autoren vereinbaren direkt mit den Literatur-Partnern die Konditionen ihrer Zusammenarbeit und partizipieren gemeinsam am Erfolg des Buches.

Das gesamte Verlagsprogramm von tredition ist bei allen stationären Buchhandlungen und Online-Buchhändlern wie z. B. Amazon erhältlich. e-Books stehen bei den führenden Online-Portalen (z. B. iBookstore von Apple oder Kindle von Amazon) zum Verkauf.

Einfach leicht ein Buch veröffentlichen: **www.tredition.de**

Eigene Buchreihe oder eigenen Verlag gründen

Seit 2009 bietet tredition sein Verlagskonzept auch als sogenanntes "White-Label" an. Das bedeutet, dass andere Unternehmen, Institutionen und Personen risikofrei und unkompliziert selbst zum Herausgeber von Büchern und Buchreihen unter eigener Marke werden können. tredition übernimmt dabei das komplette Herstellungs- und Distributionsrisiko.

Zahlreiche Zeitschriften-, Zeitungs- und Buchverlage, Universitäten, Forschungseinrichtungen, u.v.m. nutzen diese Dienstleistung von tredition, um unter eigener Marke ohne Risiko Bücher zu verlegen.

Alle Informationen im Internet: **www.tredition.de/Buchverlage**

tredition wurde mit mehreren Innovationspreisen ausgezeichnet, u. a. mit dem Webfuture Award und dem Innovationspreis der Buch-Digitale.

tredition ist Mitglied im Börsenverein des Deutschen Buchhandels.

Das komplette Archiv auf DVD

Die Gutenberg-DE Edition DVD enthält das komplette Archiv Gutenberg-DE als Offline-Version auf DVD. Die DVD ist im Internet erhältlich auf **http://gutenbergshop.abc.de**